U0508382

女炮班和我

于厚霖 著

大连出版社
DALIAN PUBLISHING HOUSE

© 于厚霖 2025

图书在版编目（CIP）数据

女炮班和我 / 于厚霖著. -- 大连 : 大连出版社,
2025. 1. -- ISBN 978-7-5505-2280-0

Ⅰ. I25

中国国家版本馆CIP数据核字第2024PH6775号

NÜ PAOBAN HE WO
女 炮 班 和 我

策划编辑：于凤英
责任编辑：于凤英
助理编辑：刘雅君
装帧设计：林　洋
责任校对：乔　丽
责任印制：刘正兴

出版发行者：大连出版社
　　　　　地址：大连市西岗区东北路161号
　　　　　邮编：116016
　　　　　电话：0411-83620573 / 83620245
　　　　　传真：0411-83610391
　　　　　网址：http : // www.dlmpm.com
　　　　　邮箱：dlcbs@dlmpm.com
印 刷 者：大连市东晟印刷有限公司

幅面尺寸：145 mm × 210 mm
印　　张：9.375
字　　数：210千字
出版时间：2025年1月第1版
印刷时间：2025年1月第1次印刷
书　　号：ISBN　978-7-5505-2280-0
定　　价：58.00元

我是唯一
我是无数个

没有强壮的树干
哪有绿叶的生机勃勃

再勇敢的风帆
也离不开湖海江河

"三八女炮班"的旗帜下
集合了很多的我

踏着时代进行曲
女炮班一路高歌

——题记

闻名全国的长海县海洋岛"三八女炮班"成立于1960年6月30日。

当时国际国内形势复杂。长山群岛是海上要塞，位于黄海最深处的海洋岛是战略防御的前沿阵地，岛上陆、海、空三军和广大民兵担负着保卫海防的重任。为不留防御死角和盲区，驻军某部于1960年初在海洋岛岭后大队张家楼生产队设立哨所，编制五人，并配备一门八五加农炮，等于在海洋岛东北海岸新增一柄防御利剑。要保证一旦发生战争，哨所减员时，火炮还能正常发射，就需要预备人员。在驻地培养一个军事素质过硬的地方炮班是当务之急，而组建地方炮班，人选是个难题。

当时，海洋公社建立了民兵团，辖十个民兵连，民兵总数1400余人，但男民兵绝大多数出海打鱼，张家楼也不例外。要组建一个民兵炮班，只有从女民兵中选人。

这就有了张家楼女炮班。

第一代女炮班由五人组成：班长兼瞄准手张淑英，炮长王淑琴，炮手杨金荣，装填手魏传琴，引信手徐福英。她们当中，年龄最大的二十四岁，最小的十九岁，有四人已经结婚，其中三人是孩子的母亲，有的已经有了两个孩子。她们要参加农业生产劳动，要保证军事训练，还要兼顾家务、照料孩子，其苦其累可想而知。

女炮班依托哨所成立，哨所战士是她们的教官。女民兵们克服了文化水平低、生产任务紧、家庭负担重等重重困难，很快掌握了复杂的操炮技术，实弹射击打出了优异成绩，参加在大连举行的全军炮兵比武时，三发全中，受到叶剑英元帅的高度评价。

六十多年来，女炮班传承了十四代，由最初的母传女、姐传妹、嫂传姑到后来的全社会"海选"，炮阵地也由张家楼先后转移到苇子沟、盐场村的大滩、岭前村的马蹄沟，再回大滩。女炮班成员的着装由粗布劳动服到军绿迷彩服，文化程度由基本不识字到大学专科以上，训练兵器由八五加农炮到操作更加复杂的双三七高炮，人数也由初期的五人增加到目前的九人。

女炮班变化巨大，不变的是"爱岛尚武，卫国奉献"的女炮班精神。六十多年来，女炮班先后配合驻军执行站岗巡逻和战备演习任务 2000 余次，获得过"黄海前哨模范女炮班""民兵预备役部队基层建设先进单位""全国国防动员工作先进单位""全国三八红旗集体"、辽宁"时代楷模"等荣誉称号，荣立过集体二等功两次，第一任班长张淑英荣获旅大市"三八红旗手"称号，班长张淑萍、张桂荣、牟苹丽分别当选大连市人大代表、长海县人大常委会委员、辽宁省人大代表。2023年8月，中共大连市委发出《关于在全市开展向海洋岛"三八女炮班"学习活动的决定》，要求学习"三八女炮班"忠诚担当的爱国情怀、不屈不挠的拼搏意志、舍小为大的奉献精神，为奋力谱写中国式现代化大连篇章贡献力量。

为进一步宣传海洋岛"三八女炮班"先进事迹，长海县委宣传部继2022年初推出长篇纪实文学《海岛女炮班》之后，又推出这本写女炮班成员和教官故事的纪实文学《女炮班和我》，作为对前一本书的补充。

目 录

教官篇

班 长 篇

朱铁玲

朱铁玲，黑龙江省海伦市人，1976年10月出生，1989年来到海洋岛，1995年任"三八女炮班"第十任班长，二十五岁离开海洋岛。现在沈阳工作。

一

朱铁玲家住黑龙江省海伦市农村，父母是地地道道的农民。朱铁玲五岁时父亲去世，母亲领着朱铁玲及哥哥、妹妹三人在农村过着艰苦的生活。

1989年春天，朱铁玲母亲改嫁，十二岁的朱铁玲跟随母亲来到海洋乡（今长海县海洋岛镇）南砟石屯。都说海洋岛非常富裕，但继父家里的条件并不太好。

继父是土生土长的海洋岛渔民，没有什么文化。

朱铁玲从老家转学到海洋乡中心小学，小学毕业后就读于海洋岛的长海县第五中学。朱铁玲深知读书是唯一出路，于是从小立志，发奋读书。她学习刻苦，成绩很好，初中期间是班

级的班长兼生活委员。可是因为家庭困难，为了供比她高一届
的哥哥和低两届的妹妹继续读书（哥哥当时在县城读高中，妹
妹后来到大连开发区读中专），朱铁玲1993年初中毕业即辍学，
当年10月进入海洋渔业集团下属育苗室（也称"育苗场"）工作。

　　教过朱铁玲英语的欧阳老师对朱铁玲非常惋惜，好多同学
家长也替她遗憾，因为她考上了高中，却没有条件去读。

　　为了拿到更高工资供哥哥、妹妹上学和贴补家用，朱铁玲
工作非常努力。1994年元旦，朱铁玲被单位选中参加乡里的知
识竞赛，获团体一等奖、个人特等奖。1995年初，海洋乡在育
苗室组建第十代女炮班，朱铁玲因各方面表现优异，被选为女
炮班班长。

　　已经在海洋岛生活和工作了六年的朱铁玲，早就从当地渔

朱铁玲

民口中听到过女炮班的先进事迹，对女炮班非常崇敬。之前两代女炮班在养殖场组建，自然是和朱铁玲没有什么关系。现在，乡领导决定要在育苗场组建女炮班，并且让只有十八周岁的她当班长，她深感肩上担子的沉重。女炮班是全体海洋岛人的骄傲，也是海洋岛的名片，加入女炮班是何等光荣！她这样想。

朱铁玲下定决心，要和姐妹们一道努力，让女炮班精神在她们这一代传承下去，继续发扬光大！

二

女炮班刚组建，就进行紧张的军事训练。

队列、操炮都没问题，最难过的一关是训练"飞车"——在牵引八五加农炮的卡车上单手扶栏板侧翻下车，也叫"飞身下车"。这是训练的最大亮点和最危险环节。翻过两三米高的车帮跳下来，和从楼上往下跳一样令人恐惧，而且这个训练对动作要求极严——脚落地后必须立正，平稳站好。

不要说跳，想一想都觉得难！很难！非常难！

教官边讲解边示范，很轻松地翻过车帮，跳了下去。

跳下去了？大家面面相觑，甚至都没有反应过来。

教官已经示范过了，该女炮班的姑娘们上场了。

大家你看看我，我看看你，都很害怕，呼吸都尽力压抑着，心跳却很剧烈。

谁也不敢第一个跳。

从高高的车帮朝下望，甚至有些头晕。

朱铁玲也非常害怕，一旦没有跳成功，摔出个好歹，就麻烦大了。但她想到自己是班长，应该给大家树立个榜样，就咬了咬牙，大声说："我先来！"

声音大，也是给自己壮胆。她真敢吗？

话说出去了，开弓没有回头箭。朱铁玲的心怦怦直跳。试了试，不敢。她让教官再示范一遍，仔细看教官的每一个动作，使劲儿往脑子里记。她默默地记，又在脑子里回放了一遍。朱铁玲本就身形纤巧灵活，敏捷矫健，加上在育苗室从事体力劳动，身体素质很好。她相信自己一定会成功。但真正要跳时，她还是心惊胆战，双腿发抖。

抱着豁出去、刀山火海也要跳的决心，朱铁玲左手扶住车帮，右手握紧车帮栏板，向上一跃，飞身而下！

真是豁出去了！

朱铁玲事后回想，她"飞车"的动作可能不那么规范，但毕竟闯过了这一关。只是，双腿震得麻木了许久，站姿也不规范。

"成功！"

教官为了鼓励朱铁玲，也为了鼓励别人，如此宣布。

朱铁玲一跳"成功"，极大地鼓舞了其他炮手。大家都不甘示弱，但也都提心吊胆，想跳又不敢跳，眼看班长跳下去了，又不能不跳。

犹豫，徘徊……姑娘们终于鼓起勇气，一个接着一个都跳了下去。动作肯定不够规范，有一屁股坐到地上的，有崴了脚的，有碰了腿的，好几个姑娘疼得直"哎哟"。

敢跳，就是最大的胜利。一回生，二回熟。为了达到动作标准和快速的要求，只有反复训练。

大家从车上跳下来，再抓着车帮栏板爬上车，再往下跳。

这就有了挑战的意味：越是困难，越要攻克。

不是每次都会成功，这次圆满完成，下次也可能出现失误。练习"飞车"那几天，五个姑娘吃尽了苦头，膝盖摔破了，脚踝肿起来，虎口也胀得使不上劲儿。天气炎热，大家带着伤痛，练得大汗一身接着一身地流。

没有一个人退缩，大家都坚持反复训练，终于练得身轻如燕。

教官表扬朱铁玲："你这个班长，头带得好！"

三

1995 年"八一"建军节前，军区首长来海洋岛出席建军节阅兵式，女炮班也很荣幸被邀请参加。五个姑娘鼓足了劲儿，要在阅兵式上"露一手"。

上午彩排，部队南峪训练场四周山坡坐满陆、海、空三军，当地老百姓也前来围观，场面极其隆重，声势特别浩大。海洋岛难得有如此壮观的盛会。

女炮班入场时，欢呼声响彻云霄。但在操炮时，出现了很尴尬的一幕——炮膛里的教练弹退不出来。

器械故障！

现场一片寂静，仿佛地上掉一根针都能听见响声。女炮班的五个姑娘如同五雷轰顶，全都蒙了。

怎么会这样？怎么可能？……

众目睽睽之下，大家脸色通红，心急如焚，真想能有个地缝儿钻进去。

朱铁玲想到一个成语——前功尽弃！她们为了这次阅兵，付出了多少心血和汗水，却如此丢人现眼！

广播里传来海防团首长的训斥声："平时训练不是挺好的吗？怎么搞的？……"

首长也是气急了。

首长的话像尖刀一样，刺在女炮班每个人的心头。

朱铁玲心里明白，女炮班的人都明白，出现这样的事故，她们没有责任。

器械出现故障，和女炮班没有关系，但在训练场上展现给首长和老百姓这尴尬一幕，让人感觉就是女炮班的问题。

是你们在操作呀！

关键时刻"掉链子"了呀！你们还有什么话说？

没有话说。

内情，首长不知道，围观的老百姓不知道。她们再觉得委屈，再觉得窝囊，都只能憋在心里。

有人说，找领导反映去！

又有人说，反映有什么用？

沮丧！大家的心情糟糕透顶，一个个哭得梨花带雨。

中午退场后，部队和女炮班全部带回营区。女炮班没有一个人回家吃饭，都原地不动，坐在营区训练场地，脸上挂满泪水，情绪非常低落。

看到这个情景，朱铁玲作为班长，心情特别沉重。这样不行，必须鼓起大家的勇气，关键时刻决不能倒下！

朱铁玲站起来，激动地说："姐妹们，我们既然参加女炮班，就不能因为一点儿挫折萎靡不振。我们必须振作起来，决不能让女炮班的荣誉在我们这一代丢失！要发扬女炮班不怕苦、不怕累、不怕难，越挫越勇的精神，决不能低头认输！在下午正式阅兵时，我们一定要干净利落，顺利完成所有操炮动作，必须让领导看到当代女炮班的风采！大家有没有信心？"

"有！"姑娘们齐声高喊。

随着响亮的喊声，大家站了起来，抹去眼角的泪，脸上浮现出复杂的表情，萎靡的神情一扫而光，也没有了往日嬉笑打闹的活泼劲儿。大家随着朱铁玲的口令，一遍一遍地在训练场上操练。仿佛在和谁赌气，她们空着肚子，练得格外拼命。她们一定要把丢失的"面子"找回来，让领导和观众刮目相看。

下午正式阅兵。女炮班干净利落地完成跳车、操炮、收炮、挂炮、带离现场等科目后，寂静的四周响起雷鸣般的掌声，经久不息。

这次阅兵大长了女炮班的志气和威风。由彩排时遭遇挫折到正式登场时获得成功，女炮班经受住了考验，她们的内心五味杂陈，但共同的感受是，到什么时候都不能言败，只要加倍努力顽强拼搏，就一定会成功！

四

1995 年育苗场最忙的季节过去了，女炮班参加部队在海洋岛开展的全副武装长途拉练。负重在山路上徒步十多公里，对

朱铁玲与火炮合影

这帮二十岁左右的姑娘来说，是体能上的严峻挑战。虽然经历过繁重的海上作业和严酷的军事训练，体能很好，姑娘们仍然感到非常累——天热，又背着武器弹药，还要快速行走，焉能不累？但没有一个人喊累，没有一个人掉队，她们还集体走在部队的前面。

部队首长很担心她们跟不上队伍，没想到这帮姑娘表现得这么优秀，自然是给予了很高的评价。

有一次军地双方在哭娘顶西侧的一座山上举行八五加农炮实弹射击演习，女炮班的姑娘们也摩拳擦掌，要打出好成绩。但在开炮之前，发生了意外——炮手张军华的脚掌被蒿根扎穿。

平时训练时教官就告诫她们，在实弹射击时不管出现任何情况，都不能发出一点儿声音，更不能大喊大叫，即使受伤了也要坚持到射击结束！

姑娘们自然是把这话记在了心里。

当时是秋天，山上的蒿草非常茂盛。群众上山割草后，剩下大片草根还立在地面上，尤其是很粗很硬的蒿根，被镰刀削成斜尖，隐蔽在矮草丛里。大家操炮时精力集中，全神贯注，生怕出错，所以根本就没注意脚下。张军华一不小心，脚踩到尖尖的蒿根上，解放鞋的鞋底被扎透，尖锐的蒿根从脚心扎穿脚背，脚面瞬间鲜血直流，鞋窠、草地都被染红。

因为是实弹射击，不能发出声音，张军华就强忍着钻心的疼痛，一声没吭。直到隆隆炮声响过，实弹射击结束，她才告

诉朱铁玲自己脚被扎了。

朱铁玲吃了一惊，赶紧跑过去查看，见张军华伤势非常严重，额头汗珠滚落。

都这样了，还能坚持到演习结束！朱铁玲既感动又震撼，立即安排人将张军华送往医院。

五

朱铁玲因在女炮班和育苗场的表现都非常突出，1995 年被海洋乡选派参加长海县的知识竞赛。海洋乡代表队在竞赛中荣获团体一等奖，朱铁玲获得个人优秀奖。那时候，海洋岛家家户户都有小喇叭，即有线广播，县里的新闻通过小喇叭传递到家家户户，朱铁玲他们获得全县团体一等奖、她个人获得优秀奖的消息很快在海洋岛家喻户晓，朱铁玲成了海洋岛的"小名人"。

这份荣誉，也成了朱铁玲的"小骄傲"。

女炮班的姑娘们平时在育苗场工作，一接到任务，就马上脱下工作服，换上作训服，奔向训练场。她们和部队官兵一起出操、训练、学习，被首长接见和为首长、嘉宾作军事表演。虽然和部队官兵一起相处的时间不长，但这种训练模式锻炼和强化了姑娘们不怕苦、不怕累、不怕难、不言败、不认输的坚韧品格。朱铁玲觉得，自己发生了蜕变，变成了一名真正的战士。

原沈阳军区《前进报》记者来采访女炮班时，问朱铁玲为什么要参加女炮班。朱铁玲回答："因为国防需要，我们就'不爱红装爱武装'了！说心里话，我非常想成为一名正式的军人。我姨父当兵，我伯父当兵，我从小就对军人有一种特殊好感。遗憾的是我没能当兵，但有幸参加女炮班，也在军营里度过一段美好时光，我觉得我也是一名军人！"

话说得铿锵有力，掷地有声，记者不住地点头表示赞许。

朱铁玲愿意在女炮班里苦着累着锻炼着成长着，像一名真正的军人那样，为保卫海防作出更多贡献。但是，育苗场的工作太忙，她们又都是场里的骨干，工训矛盾很难解决。1996年初，她们全部调回育苗场。

第十代女炮班就这样解散了。

六

退出女炮班后，朱铁玲在海洋乡育苗场又工作了五年多。

在女炮班养成的坚韧不屈、拼搏奋斗的精神一直影响着朱铁玲。后来的生活和工作中，她也遇到了一些挫折。每当快撑不下去的时候，她就想起八五炮连连长、指导员和教官对她们说过的话："人，没有什么困难是不能战胜的，只要你不认输，只要你有坚韧的品格，只要你能坚持到底，就一定会成功！"

后来朱铁玲被推选为育苗场团支部书记、妇女主任和作业班长。她要为广大青年树立榜样，发扬女炮班事事冲在前、处处当先锋的精神，率领团员青年在生产劳动中勇夺第一。

秋季分苗战役打响了。

海上作业枯燥乏味，分苗又是"一块难啃的骨头"，要集中人力抓紧时间"打歼灭战"。育苗场有生产船只四十多条，每船四人。朱铁玲负责一条船，带领年龄相仿的三个人出海作业。没有机器，就摇大橹，不到二十岁的朱铁玲把大橹摇得有模有样，尖头小渔船劈开波浪，箭一样向前射去。

有风浪的天气，大家都晕船。她们克服呕吐、燥热、胸闷等不适，打起精神，奋勇向前，在四十多条船中始终遥遥领先，"第一名"的红旗稳稳地插在她们的船头。

那是一面流动红旗，哪条船夺得第一名，那面红旗就插到哪条船的船头。由于朱铁玲她们的船一直领先，红旗就在她们的船头"扎了根"。每当干活累了，想歇一歇的时候，抬头看看飘扬在船头的"第一名"红旗，大家又鼓足了劲头，决不能让红旗"流"走！再苦再累，也要坚持！

看到自己带领的船在众多船只中一次次胜出，朱铁玲很骄傲很自豪，是女炮班班长的经历给了她强大的自信心和意志力。她是团支部书记，她不仅要带领一条船取得佳绩，还要带领广大团员青年奋勇争先，为海洋牧场建设奉献青春与力量。在朱铁玲的带领和示范下，广大团员青年热情高涨，干劲儿十足，你追我赶，谁也不甘落后，提前十天完成了场里规定的秋季海上分苗任务。

在育苗场工作期间，朱铁玲还有一个巨大收获，就是学习了更多知识。

朱铁玲求知欲非常强烈，受家庭条件限制，她只读到初中毕业。家里条件好的同龄孩子都出去求学了，上高中再考大学也好，读中专再就业也罢，总之都有更大的发展空间，像她这样因生活所迫不得不辍学的没有几个。她也知道，一个人终生都要学习。为了不让自己因为学历低而落后于其他人，朱铁玲利用一切可以利用的时间和资源给自己"充电"。

育苗场有图书室，场里购买了很多书籍，订有各种报刊。闲暇时，朱铁玲就看场里的书籍，看到痴迷的程度。书籍是固定的，报刊是每隔几天就送来一次。场里订了《演讲与口才》《企业管理》及党刊党报，团支部订了《青年之友》等。每当送报刊书籍的车来到育苗场，朱铁玲赶上了，就第一个冲过去，把书刊先拿到手，先睹为快。对她这样喜欢读书的青年，场领导非常赞赏。

那几年，朱铁玲阅读了很多书，极大地丰富了自己，这对她以后的工作和生活产生了非常大的帮助。书籍对她来说，真正是"良师益友"。

七

朱铁玲 2001 年离开育苗场，离开生活和工作了十二年的海洋岛，到大连开发区，和妹妹一起照顾生病的母亲，同时兼职做服装销售员。

2004 年，朱铁玲在沈阳结婚。朱铁玲的爱人是一名武警退役军人，而且全家都是党员，家风特别正。

受家庭影响，朱铁玲对儿子的教育一直非常严格，要求儿子做人方面要严于律己，先做人，后做事，为人要诚实守信，待人友善，"三观"要正，作为中国人，无论走到哪里、无论到什么时候都要爱国。

朱铁玲对儿子的人生规划，有很浓的个人感情色彩。她觉得，男孩就应该到部队锻炼，做一个对国家、对社会有用的人。在她的影响下，儿子 2023 年顺利考入某部队所属院校。

儿子圆了朱铁玲从军的梦，她为此骄傲。她希望儿子在部队的大熔炉里锤炼成长。

朱铁玲现在从事部队的物资保障工作。她特别喜欢这份工作，因为能经常接触到最可爱的人——军人。她没有节假日和休息日，只要客户需要，就立即到单位上班。她雷厉风行的作风，也像训练有素的军人。

和朱铁玲接触过的人，绝大多数都认为她思维敏捷、性格豪爽、办事雷厉风行，怎么看，都像是当过兵的人。

　　老熟人见面时都喊她一声"老班长"。这个"班长"，自然是指曾经的"三八女炮班"班长。时隔多年，还有人记得她这个"班长"，她感到非常骄傲和自豪。

　　朱铁玲非常感谢当时的海洋乡武装部领导和育苗场党支部书记慧眼识珠，使她在众多女青年中脱颖而出，当了"三八女炮班"班长，这让她终生感到骄傲。朱铁玲多次说过，进入"三八女炮班"，是她这一生中最荣幸、最值得骄傲的一件事。

　　2022年辽宁省军区召开会议时，介绍海洋岛"三八女炮班"先进事迹，朱铁玲的名字也被提到。朱铁玲多年来与部队有很多接触，很多人认识她，但对她一路走来的人生经历了解不多，所以就有不少人打电话或发微信，问朱铁玲：海洋岛第十代女炮班班长，跟你同名同姓，是你吗？

　　得到证实后，大家都很惊讶并赞叹道，朱铁玲，没想到你还有这样辉煌的经历，真了不起！

　　听到这样的评价，朱铁玲无比自豪，也非常感谢第二故乡海洋岛。是海洋岛的山水养育了她，是工作单位的领导给了她锻炼成长的机会。那段艰苦卓绝、奋力拼搏的岁月，那种在岁月里沉淀的女炮班精神，注定是支撑她一路前行、永不退却的强大动力。

右为朱铁玲

迟明芬

迟明芬，1962年4月出生，家住岭前村（2003年并入西帮村）马蹄沟屯，是"三八女炮班"第十一任班长。

迟明芬

一

迟明芬娘家是海洋岛为数不多的"全家兵"家庭之一。她在兄弟姊妹六个中排行老五，上有一个哥哥三个姐姐，下有小弟。全家八口人，除母亲身体不好不能拿枪、小弟太小拿不动枪，其余六人全都是持枪民兵。

父亲是渔民，也是老资格的海上民兵，常年出远海捕捞作业，随身携带枪支。父亲拿的不是半自动步枪，是很有年代感的带三棱刺刀的老式步枪。

大哥迟明建在公社创业连（后称基建队）上班，是民兵机枪手，训练时神气十足地扛着老式转盘轻机枪，射击时枪管由两条腿呈"八"字形支撑，火力比步枪和冲锋枪凶猛多了。大哥有什么理由不神气？

大姐迟明媛是大队民兵连长，持五六式冲锋枪。

二姐迟明珍在养殖场上班，拿五六式半自动步枪。

三姐迟明波当过生产队民兵排长，和大姐一样，拿五六式冲锋枪。

五六式，是当时用于装备步兵的轻武器，战士背步枪，班长才有资格背冲锋枪。大姐和三姐背上了五六式冲锋枪，那种感觉肯定很自豪。

作为民兵干部，大姐还专门训练过岸炮和高射炮。有一次为阿尔巴尼亚来宾表演高炮实弹射击，大姐负责现场指挥。她等待上级下达了命令，再下达射击的命令。命令还没下，作为射击目标的气球就升空了，飞远了。大姐有些慌，不知道命令是下还是不下，因为整个表演是环环相扣的，还没到射击的流程。正犹豫间，瞄准手着急了，手指一搂，炮弹射出去了，气球爆炸了。大姐当时吓坏了。没有命令就开炮？谁有这么大的胆子？瞄准手就有。等下达命令，气球早就飞远了。

大姐等着挨批，瞄准手也等着挨批。

可是，观礼台上不知道发生了什么情况，也不问原因，只看结果。炮响球碎，厉害！首长和外宾们热烈鼓掌，说民兵这一炮打得好，飞行目标首发命中，太棒了！

表演结束后，大姐迟明媛不仅没有受到批评，反而和其他民兵们得到表扬。

迟明媛这才放下心来。

迟明媛事后反思，自己的优柔寡断差点贻误了"战机"。如果是在战场上，面对瞬息万变的局势，在"敌机"即将逃离时，自己这个阵前指挥员就应该当机立断，而不是犹豫不决。

迟明芬上小学时，就是拿枪的小民兵。半自动步枪一米多长，背在肩上，枪托都快触碰到地面了，得时时往上提枪的背带；训练拼刺刀，双手端枪"突刺刺"，小胳膊很快就累酸了累麻了；实弹射击，枪一响，猛烈的后坐力震得肩窝一阵剧痛，好久缓不过来。

正是八九岁就拿枪和多次参加训练、演习的经历，为迟明芬打下过硬军事素质的底子，为她日后当民兵连副连长和女炮班班长奠定了基础。

二

迟明芬从小就接受爱国主义教育和革命英雄主义教育。上小学时，班主任经常领同学们从海洋岛西部的马蹄沟到西南端的南洋屯，参观安业民连队和安业民烈士纪念室，听连队官兵讲述安业民的英雄事迹。

南洋海岸的海军岸炮连，是安业民生前所在连队。安业民1937年出生在辽宁省开原县，1957年应征入伍，成为海洋岛海军某岸炮连的一名瞄准手。由于战备需要，1958年安业民所在连队调防福建前线，8月23日在一次战斗中，安业民为保护火炮身负重伤，9月9日不幸去世，年仅二十一岁。为纪念和缅怀英雄，海洋岛某岸炮连一度改名为"安炮连"。虽没有枪高，却是持枪小民兵的迟明芬，深受安业民英雄事迹的感染。

安业民连队，是迟明芬最早接受革命英雄主义教育的地方。

民兵要成为军事上的多面手，什么武器都要练，所以比迟明芬大十二岁的大姐迟明媛带领民兵到安业民连队训练如何操作岸炮。大姐是党员，任生产队长和大队民兵连长，马蹄沟生产队和安业民连队是"挂钩"单位，大姐经常去连队开会和训练。大姐晚上去"安炮连"，一个人走远道害怕，就领着还在上小学的迟明芬去。迟明芬成了"小跟班"，连队干部战士都很喜欢她。有时候，人家开会，她听着听着，就困得睡着了。开完会，大姐把她叫起来，跟头流星地往家走。连队指导员说迟明芬大姐："你小妹陪着你，挺不容易。"还给了迟明芬几支铅笔，告诉她要好好念书。

迟明芬人小胆大，但走夜路还是有些胆怵，尤其在月黑风高的深夜。从南洋海边的连队返回马蹄沟这一路，一侧是又高又陡的哭娘顶，一侧是弯曲的海岸和岸边的陡崖。走在荒山野岭间，看什么都模模糊糊，连脚下的路都看不清楚，稍不留意就走到了路外，双脚被杂草灌木绊住，衣服也被荆棘挂扯。深一脚浅一脚不停地走，耳畔是山风吹拂草木发出的声音和崖下澎湃激越的涛声。她的小手紧紧抓住姐姐的大手。姐姐感觉到了她的恐惧，对她说："别怕！姐有枪呢！"

大姐说着，将背在肩上的枪往上耸了耸。

迟明芬感觉，大姐也是有些害怕的。她们手扯着手互相壮胆，大步流星，直到走近马蹄沟屯，看见朦胧的房屋和还亮着灯火的人家，才彻底放松下来。

每走一次夜路，都像一次"闯关"。

迟明芬长大后，正式加入大队民兵连，并在几年后当上副连长，经常带领民兵们到南洋"安炮连"学习英雄安业民的事迹，刻苦训练海岸炮兵业务，并参加过在南洋举行的军民联合演习。可以说，迟明芬的成长，与"安炮连"，与英雄安业民有直接关系。

南洋也属于岭前，当时岭前大队已改称拥军大队，大队部在马蹄沟。马蹄沟和南洋虽属同一个大队，但距离很远，绕了半圈哭娘顶南麓，快走也得四十多分钟。这是迟明芬小时候和大姐经常走的山间土路，长大了再看雄踞海洋岛南部的哭娘顶，联想到流传甚广的美丽传说，更有一种亲近和自豪的感觉。哭娘顶是整个长山群岛几十座山峰中的最高峰，堪称北黄海的天然屏障。要守住蓝色国门，要靠军民团结，也要靠过硬的杀敌本领。包括迟明芬在内的民兵们必须刻苦训练。

小时候当"小跟班"，跟着大姐去；长大后当民兵干部，带领民兵去。在"安炮连"的学习和训练，提高了他们的政治觉悟和军事素质。

路还是沙石路，偶尔有汽车路过，都是军车。民兵们去"安炮连"，全靠双腿走。大道还算平坦，从大道的尽头往山下海边的连队走，是小道。下坡本就难走，从春天到秋天，小道被两边的灌木和蒿草遮住，根本就看不见道，得拿镰刀砍削，用手扒拉着往前走。迟明芬觉得不可思议，小时候跟着大姐在夜里走这样的险路，是怎么做到一次次"闯关"成功的？

训练时早去晚归，带着午饭和梭子、网线。午休时大家在连队会议室吃饭，饭后姑娘们就见缝插针，争分夺秒地织渔网，比赛看谁织得快、织得好。

那时渔业是集体经营，公社、大队、生产队都有渔船，织网任务分到各家各户，谁得空儿就织几梭子。织网是个技术活儿，心灵手巧的渔家姑娘们，个个都是织网高手。她们到军营参加训练时，不仅背着擦亮的钢枪，还带着起好了头等待续织的网衣、几把缠满柔滑网线的梭子和勒出印痕的网辙（渔民织渔网的一种工具，用以确定网扣尺寸大小的流线型竹片）。她们抖落开网衣，将网的一端钩住椅背，一端抓在手里，双手巧妙配合，牵着网线的梭子绕过网辙，穿过半成品网扣，翻转，再穿一次，打结，一个新的网扣就诞生了。会议室里，十几把梭子在空中令人眼花缭乱地上飞下舞，如海豚扎入水里又冲向空中。竹梭拖着长线反复穿插，打了一个结，又打一个结，一个个疙瘩像小小的花骨朵，绽放在网扣连接处。非常奇妙的是，姑娘们的目光并不在网上，每个人的手指却都仿佛长了眼睛，梭尖在细

训 练

密的网扣间行云流水般飞快穿插，却不会穿错网眼儿。在姑娘
们手中，柔顺的尼龙网线系成一个个排列有序的网扣，板板正
正、松紧合适的网扣像多米诺骨牌一样向前奔去，不过网扣们
不是一个接一个倒下，而是一个挨一个地立在一起。网扣收拢，
是布满疙瘩的一捆；网衣向两侧抻开，无数个菱形网孔牵扯着
连缀成一体，像大网张开了千万只眼睛。

　　织网的场面有声有色。她们都看过 20 世纪七十年代中期北
京电影制片厂拍摄的反映海岛女民兵故事的彩色影片《海霞》，
其主题曲《渔家姑娘在海边》是她们最喜爱且人人都会唱的流
行歌曲。迟明芬她们一边飞梭织网，一边轻声哼唱："……渔
家姑娘在海边哎，织呀么织渔网……渔家姑娘在海边哎，练呀
么练刀枪……"歌声婉转萦绕，梭子飞舞穿插，气氛融洽，场
面热闹。她们"织渔网""练刀枪"不是在海边，而是在军营，
这就更有意义。

　　大家说唱笑闹，午休时间很快过去。时间一到，她们就放
下梭子收起渔网拿起枪，开始训练，真正是"一手拿钢枪，一
手织渔网"，训练、生产两不误。

三

　　安业民连队非常有名，用现在的话说是很"火"，当时经
常有各路记者前来采访，各地大学生前来参观学习和体验生活，

晚上还经常举行文艺演出等活动。迟明芬带领刚走出校门的新民兵去"安炮连"训练，往往训练到很晚。新民兵中小闺女多，人家母亲不放心，这很能理解。孩子太小，道路又远，穿山越岭的，白天都怕出事，何况是晚上？连队就专门派通讯员和教官两个人，打着手电筒，把每个小姑娘一路送到家门口。一帮人排着队，一会儿走在坡上，一会儿隐入沟内，手电筒的光束不时划过夜空。一家一家送，队伍越来越短，直到将最后一个小闺女送到家，听着开门关门的声音，一切平安，通讯员和教官才返回连队，迟明芬也才放心地回家休息。

没有电话，联络不便，连队要搞活动让他们去，就派通讯员到马蹄沟来送字条。部队非常讲究称呼，连队副连长见迟明芬，很郑重地称呼"迟副连长"，迟明芬也郑重地称对方"×副连长"。字条上，对方也以"迟副连长"称呼迟明芬，非常军事化。

大概在 1985 年，也就是安业民烈士牺牲二十七年后，安业民母亲张国英老人在孙女（安业民弟弟、张国英三儿安业增的女儿）和当地妇联领导陪同下，再次从老家开原县业民镇（以英雄的名字命名）乘车坐船来海洋岛，到儿子生前所在连队，看望新一代官兵。迟明芬她们十个姑娘（海洋岛当地八人）有幸和英雄的母亲在安业民烈士纪念室前合影留念。她们背后是一座规整的房屋，大门上方横排着"安业民烈士纪念室"八个大字。室内有安业民生平事迹介绍和英雄生前所用物品。

张国英是一位令人敬佩的母亲。在大儿子安业民牺牲之后，她又将比安业民小两岁的二儿子安业震送到安业民生前所在部队。安业震常年在海岛参加战备训练，各项工作都冲在前头，患了严重的关节炎和风湿性心脏病，服役六年后退伍回乡。张国英有三个儿子，一个为国捐躯，一个为保卫祖国而身患重病，在六十四岁那年突发心脏病去世。

提起英雄安业民的母亲张国英，迟明芬非常感慨。在那张迟明芬至今珍藏的合影上，面容慈祥的张国英老人端坐中间，

在安业民烈士纪念室前合影。中间为安业民母亲，其左后为迟明芬。

其他十人站在老人身后并向两侧站开，迟明芬紧靠老人左侧。能和英雄的母亲合影，也是迟明芬的荣幸。

在马蹄沟组建新一代"三八女炮班"之前，因战备需要，安业民连队撤走了。迟明芬再去南洋时，发现军营空了，大炮也没有了，但四个隐蔽岸炮的坑道还在。后来那里修筑梯田，建成驻军南洋蔬菜基地，也称"海上南泥湾"，有十多座蔬菜大棚，还养猪养鸡养羊。

南洋，由军事的前沿阵地，变成副食补给的后方。

但在迟明芬心中，安业民的英雄事迹对她的影响和他们在南洋"安炮连"训练时的情景，将被永远铭记。

四

因为第八代、第九代、第十代女炮班存在时间较短，刚训练成手、能打出好成绩，就因故解散了，女炮班的稳定性没有得到保障。每次女炮班重新组建，都得从头训练，对于没有半点军事基础的女同志来说，起步非常困难。此前，女炮班是以企业为依托。但无论养殖场还是育苗场，工作都很繁忙，训练忙季往往和生产忙季重合，很难做到"两不误"。女炮班要保证稳定和持久，最好吸收社会上优秀的已婚妇女参加。她们没有工作上的牵扯，而家务负担问题又相对容易解决，能多干几年。

岭前村的民兵基础非常好，多次参加军方组织的大型综合军事训练、演习，尤其是女民兵们英勇顽强，摸爬滚打不输男性，在海洋岛乃至长海县都声誉极高。于是乡里决定在岭前村组建第十一代女炮班。

1996年3月的一天，迟明芬被通知到村里开会。她已经知道要组建新一代女炮班，自己是其中一员，心情激动，也有些忐忑。她练过岸炮，但对加农炮却很陌生。

村主要领导、乡武装部长、乡党委副书记等都在会议室。女炮班的六个新成员到齐后，乡党委副书记宣布开会，说女炮班的人选已经确定，乡党委研究决定，让迟明芬当班长，王淑霞当瞄准手，其他人的分工，上炮以后再定。

第十一代女炮班就算正式成立了。

迟明芬军事素质过硬，是全乡上下公认的。从持枪小民兵，到村民兵连副连长，二十多年枪不离手，不仅多次参加军事训练和大型军民联合演习，还在驻军要塞区教导队专门训练过，是响当当的民兵干部。

王淑霞是迟明芬的嫂子，也参加过各种训练和射击比赛，枪打得特别准。打开花靶（靶面极小，击中后绿叶打开露出红心），枪响花开，从未失手；打气球，一枪一个，枪响球炸。气球多贵呀！训练时就用避孕套充足气当气球，小得只有拳头大，距离百米开外，比半身胸环靶上的白色十环靶心还难打。王淑霞不知道那是避孕套，就算知道了也不管不顾，反正有人给充足气她就打，越小越有挑战性。结果就是枪枪命中。有这瞄准神功，不当八五加农炮瞄准手，可惜了。

所以就选中了她。

还有四个人，由迟明芬安排分工。

张秀丽和张秀红身体素质好，力气大，负责开炮架。何英梅是从外地嫁到海洋岛的，从未接触过军事业务，完全是因为在村子里各方面表现优秀，人缘极好，又非常能干，非常肯干，所以被选进女炮班。迟明芬让她当一炮手，负责开炮闩。

炮班需要培养一名机动炮手，即多面手，谁有事了，她能顶上去。宋晓华就是这名机动炮手。一年后，宋晓华回山东老家了，由民兵曲艳顶上。

稳定下来的六个人，除何英梅，都参加过多次军事训练和演习。曲艳更不用说，曾和迟明芬她们一起参加过在南洋举行的大演习，军事素质相当高。

训练时她们从长山群岛最高峰哭娘顶一口气跑到南洋岸边的安业民连队。上午跑两趟，下午跑两趟，男民兵也一样跑，跑得漫山遍野呼嗵呼嗵响。迟明芬是民兵连副连长，总是第一个跑到战壕，领受任务，再布置下去。那时候真是有劲儿，一天跑四趟，也没觉得有多累。

在南洋举行的那场演习是真累，也真危险。"战场"上有很多炸点，不知道什么时候爆炸、在哪里爆炸。有一次演练时炸点爆炸起火了，大火很快燃烧起来。在坑道里隐蔽的迟明芬看见了，着急了，问领导救不救火，领导不允许去救，说："正式演习时，你们的任务就是在坑道里隐蔽待命，救火有别人！"

迟明芬她们接到救护伤员的命令，到"战场"上抬担架，担架上躺着战士扮演的伤员，一百好几十斤啊。两人一组，抬着沉重的担架猫着腰前进。前方冷不丁冒出一个炸点，预埋的炸药起爆了，响声震天，浓烟暴起，震得她们耳膜嗡嗡响，呛得喘不上气，还要赶紧趴下并护住担架。不管眼前是沟是坑是水，都得趴到上面。爆炸过后，立即起身，抬起担架就向前奔去。把"伤员"抬到帐篷，她们一个个喀喀地咳嗽，眼泪都咳了出来。

那时的训练和演习，一年四季就一套迷彩服，不像后来冬有冬装、夏有夏装。训练和演习时经常需要匍匐前进，泥土和汗水混合，迷彩服脏得都看不出模样，异味儿还很重，实在没法穿了。训练和演习时间紧，一环扣一环，衣服太脏，显得邋里邋遢，军容不整。她们难受，观看演习的首长们也看不过眼，就临时给每人弄了套迷彩服。因为是临时弄的，压得皱皱巴巴不说，大小也不合身，但总比身上已经脏透了的那套强。

大夏天，多日训练，女炮班的民兵们一个个晒得脸色发黑，和部队的战士一个样，哪还像女人？抽空儿回趟家，爸妈都不认得了，乘车从屯子路过，人们光看见一车穿迷彩服的人，根本分辨不出男女。迟明芬说："站在车前边中间的是俺们，当兵的怕把俺们晃倒了，让俺们站中间，他们站两边。"

女民兵们脸黑得连部队首长都认不出，迷彩服又大体相同，怎么区分？演习那天，迟明芬让大家用红布条把头发扎上，从帽子后面露出来。那一抹红色，成为女民兵在"战场"上的标志。

第十一代女炮班中的多数人，都经过在训练场和演习阵地的摸爬滚打、千锤百炼，可以说是战斗力很强的一支队伍。

五

第十一代女炮班组建后，训练、演习，表现优异。这些情况在《海岛女炮班》那本书里有详细记述。关于迟明芬本人的部分，这里稍微点几笔。

一是"飞车"训练和表演。在为庆祝新中国成立五十周年举行的军事表演上，女炮班要表演"飞车"。训练的过程充满艰辛甚至恐惧，但她们都挺过来了。在山上表演"飞车"时，迟明芬负责摘炮钩。车停了，她先跳下来，边摘炮钩边下令跳车。"跳车"的命令已经下达，炮手们纷纷开始"飞车"，但迟明芬负责摘开的炮钩因为卡得太紧而没摘下来，占着位置，影响后面的炮手"飞车"。这时一炮手何英梅急了，一个翻身腾越，像空中飞人一样从迟明芬头顶飞了过去，比正常"飞车"高度高出几十厘米。迟明芬只觉得一阵风掠过头顶，吓了一跳，炮钩也刚好摘下。她抬眼一看，何英梅已经稳稳地落到了地面。想想真是后怕，何英梅"飞"得那么高，一旦掌握不好平衡，脑袋冲下，后果就不是一般的严重了。

二是 2000 年初，女炮班参加驻军某部在獐子岛举行的军事演习。天寒地冻，住宿条件差，还经常蹲坑道，训练、擦炮膛累出一身汗，停下来就仿佛浑身结冰。训练、演习二十多天，后来被寒流隔在了獐子岛。牵挂家里，没有手机，打电话不方便，上火。迟明芬的胆病犯了，疼得走路都要有人搀扶。从海洋岛带的药用完了，也不见好，又到獐子岛的医院去买药。寒冷，胆疼，迟明芬饱受折腾。最困难的时候，以前的教官敖培强通过军用线路打来电话，询问情况并给以鼓励，让她和姐妹们安心训练，争取拿到好成绩。夜间演习，迟明芬要下达口令。声音嘈杂，她怕离炮远了，炮手听不清楚她的口令，就站得离炮口近了些。大炮一响，从炮口向两旁散发的滚烫火焰扑来，迟明芬被顶了一个跟头，像被卷在火海里，头发、脸部被烧了，眼睛也烧坏了，从此落下眼病。那次演习可以打三发炮弹，女炮班首发命中海面的气球，不用打第二发、第三发了。全场鼓掌欢呼。一个气球五百元，有的三发炮弹也打不碎，就开船出海，把气球拿回来。女炮班一炮打碎，省了两发炮弹，打出了超好的成绩。

　　三是尽量避免因为训练和演习影响个人收入而引发家庭矛盾。海洋岛沿岸一般家里都有小渔船，在近海下钓钩和网具，靠渔业收入养家糊口。如果没有炮兵训练和演习，男人出海捕鱼，女人要负责倒线、倒钩。女炮班忙训练，家里倒线、倒钩的活就得雇人干。有时候雇人都雇不到，男人就有了怨言。迟明芬就利用中午时间，把女炮班的人全部拉到海边，帮这家，帮那家，赶紧倒钩、倒线，忙乎完了好训练，也减少丈夫的埋怨。

还有一件事是《海岛女炮班》中没有记载的。

第十一代女炮班组建时，岭前村还有集体养殖的扇贝浮筏，忙季人手不足，迟明芬就在不训练的时候领着女炮班的人去养殖场参加义务劳动，类似后来的做志愿者，没有报酬。参加劳动得满足两个条件，一是养殖场迫切需要，二是炮班的人家里没有事。六个人都能腾出手来时，迟明芬就领着她们到村里养殖场干活。乡里有人认为，一定是岭前村养殖场给女炮班报酬了，不然的话，女炮班的人积极性怎么那么高？养殖场又为什么不用别人，专门用女炮班的人？

风言风语传到迟明芬的耳朵里，迟明芬挺生气，回应道："恁可真是说错了，俺们是义务劳动，从来没跟村里要一分钱！"

对方十分惊讶："啊？现在还有白干的？"

"有啊！我们就是。"迟明芬理直气壮地回答。

女炮班与驻军连队关系十分融洽。端午节，她们给连队送粽子、鸡蛋，还送亲手做的鞋垫。

在鞋垫上绣花是手艺活，除了迟明芬，其他人都不会。大家就把鞋垫用缝纫机做好后，让迟明芬给绣花。

迟明芬哪绣得过来，就说："不用绣花，你们弄好看的布，用机器好好跑，大小合适，边儿整齐点儿就行……"

大家特别用心，做出一摞一摞不绣花也很美观的新鞋垫，连同其他慰问品，一并送到驻军连队。

左一为迟明芬

六

迟明芬四十一岁时退出女炮班。

退出的说法似乎不够准确，实际上是第十一代女炮班服役期满，大炮要转移阵地了。

王淑霞、何英梅、张秀丽、张秀红、曲艳，也都结束了整整七年的女炮班生涯，不用再经常参加紧张的训练和演习了，彻底放松下来。

失落感也随之而来。

领导说了，铁打的营盘流水的兵。道理谁都懂。从个人角度说，整天拿枪操炮，累得爹妈不认，换一种活法岂不更好？

生活本应丰富多彩，是因为国防需要，她们才被打造成军人的样子。解甲归田，还原女性风采，从此做一个相夫教子的贤内助，由更多地为国防奉献，到把大部分精力用于家庭，过普通人的平淡生活，是她们都曾有过的想法。

可是，当这一天真正到来时，她们面面相觑，一个个没有半点儿喜悦可言。

她们对那门大炮已经有了很深的感情，已经习惯了经常训练和演习，突然宣布解散，她们在感情上真的很难接受。

往前一代一代回望，每一名女炮班成员，当她们告别炮班的姐妹、告别那门朝夕相处的大炮时，都会产生依依惜别之情，心里都会没着没落。这种失落感，需要很长时间才能平复。

迟明芬她们第十一代女炮班又有所不同。炮班组建时，全是新人，解散时又是"整建制"地退出。哪怕有一个人过渡到下一代，替她们继续与大炮相伴，这种失落感或许也会减轻一些。

大炮转移阵地了，训练场上再也没有了那门八五加农炮的身影。经常出现在她们梦中的大炮，依然是有灵性的战神模样。她们熟悉大炮的所有细节，说起大炮各部件的名称如数家珍，炮管，大架，炮闩，摇架，瞄准具，方向机，高低机，平衡机，防盾板，制退器，防盾板两侧几乎磨平了曲折纹理的黑色胶轮……大炮的每一个部件，她们都熟悉得不能再熟悉了。她们经常用长杆拖把将炮膛擦拭得锃光瓦亮，旋转的膛线在打开炮闩的一瞬晃得人眼晕。她们习惯了大炮震耳欲聋的轰鸣声。炮弹呼啸着命中目标的那一刻，是她们最开心最幸福的时候。在长达整整七年的时间里，她们把心血和汗水倾注在这门操作起来已经得心应手的大炮上。

她们与大炮互相成就，成为一个不可分割的整体。

硬生生让她们与大炮分开，一时间如何能坦然接受？

因为她们在参加獐子岛军民联合演习时的优异表现和取得的辉煌成绩，女炮班被记集体二等功。这令她们极其欣慰和自豪。

第十二代女炮班在盐场组建。作为前任班长，迟明芬参加了授旗仪式。

此后，女炮班只存在于迟明芬的记忆里。直到 2021 年，在建党百年之际，武装部的同志找到迟明芬，说省军区要举行晚会，邀请女炮班的几位代表参加，让她去。同去的还有另外三位不同时期的女炮班班长。

"离开女炮班十八年了，组织上还没忘了我们！"这是当年听说迟明芬要去沈阳参加会议的消息后，女炮班的姐妹们发自内心的感慨。

七

2003 年离开女炮班后，迟明芬在家里待了十年，和普通的渔家妇女一样，照顾老人，培养孩子，有机会就干"社会工"补贴家用。2013 年，迟明芬被选为居民组长。这是个操心劳累的活儿，也适合迟明芬这种性格的人去干。迟明芬整天风风火火，东奔西忙，担起了社会责任。有当过民兵连副连长和女炮班班长的经验，有参与多次大型军事演习所见过的世面和得到的锻炼，当一个称职的居民组长还不是轻而易举？

操心，忙碌，事情太多，还要事事起带头作用。村里有什么活动，保证积极参加。比如捐款，家里有困难也要捐，居民组长不捐，怎么动员别人捐？

前来海洋岛采访"三八女炮班"的作家记者是越来越多了。迟明芬像是一个绕不过去的"坎儿"，经常接到要求采访的电话，越是忙得分身乏术，越是电话不断。还因为说话口音和生活常识等问题，产生交流障碍，越着急就越解释不清，不是她没说明白，而是对方听不懂。越是听不懂，就越要刨根问底，真耽误时间。迟明芬哭笑不得，又得态度好些。宣传女炮班，宣传海洋岛，是好事嘛，迟明芬当然要表现出相应的风格和气度，只好叹一口气说，你等我有时间，再说，好不好？

居民组一大摊子事，九十多岁的老母亲需要照顾，还要为生计奔波。手机里存了太多太多的资料和信息，用久了就"卡"，换新手机，又怕原有的资料丢失，那可是和工作息息相关的。儿子告诉她，换手机可以"克隆"，将原来的资料信息导过来。

她不会呀！

去年，儿子给她买了新手机，三千多元。她十分珍惜，却差一点儿在度假村摔坏。

旅游旺季，海边的度假村需要帮手。2022年夏天，迟明芬在度假村帮工两天，就赶上了一次偶发事件。

迟明芬和三姐在度假村帮助收拾卫生、端菜、洗盘子。那天中午，食客就餐完毕，都回房间睡午觉了，桌子上杯盘狼藉，她和三姐收拾完桌子上的碗盘，拿抹布擦桌子。手机响了，她从兜里掏出来，一看，是村里打来的，就一手拿手机接听，一手拿抹布继续擦桌子。正"嗯嗯啊啊"地说着话，就听三姐一声惊呼："哎妈呀！"迟明芬毫无防备，被三姐这一惊，电话没有拿住，"啪"的一声掉到地上。迟明芬责怪地看了三姐一眼，下意识地准备弯腰去捡手机。可是，三姐的惊呼依然在耳畔回响，三姐的手指指向不远处的露天游泳池。迟明芬反应多快啊！她听到了"呼咚"一声，是重物砸到水里的巨大声响，随之是水花飞溅并向四周撒落的轻音。

坏了！有人掉到游泳池里了！

三姐惊呼时，那人正大头冲下，眼看就要跌落；迟明芬责怪三姐时，惊险的一幕正好发生。还捡什么手机呀，抹布都忘了丢，衣服更来不及脱，一个箭步冲了过去，跳到水池里，将那个在水里挣扎的小男孩给薅住，提上水面，双手举起，游回池边，在三姐的配合下，把小男孩给救了。

小男孩是普兰店人，四五岁，正是到处乱跑的年龄，跟着爸爸妈妈和姥爷姥姥到海洋岛旅游。中午大人都在房间休息，由姥爷看着他。姥爷也困了，在哪儿打盹儿吧？直到孩子被救上了岸，他姥爷才慌慌张张地跑了过来。

小男孩是拿着塑料喷水枪，要到游泳池吸水，再到处喷着玩儿。游泳池的水泥坝顶和池里的水面有高度落差，小男孩蹲到坝上，身体向前失去平衡，就一头拱了下去。

看着浑身透湿的外孙和一百多平方米的游泳池，小男孩的姥爷脸都吓白了。那个水池，深处两米多，最浅处也有八十厘米，小男孩落水的地方，正是水深处，迟明芬的脚都够不到底儿。

太危险了！

小男孩的姥爷感动得就差给迟明芬跪下了。

迟明芬说，不用感谢，也不用记着，谁遇到这样的事，都会这么做的。

小男孩的姥爷执意要加迟明芬的微信，迟明芬这才想起手机，心说完了，手机肯定是摔碎了。那可是三千多块钱的手机啊！也没换衣服——当时也没衣服可换，赶紧回头去找手机。手机掉在桌子下面的水泥地上，肯定会有划伤，但还能用。如果手机报废了，找谁赔偿？幸亏当时正在接听电话，如果手机揣在兜里，肯定不会掏出来，一是想不到，二是来不及。揣着手机跳到水里，手机可就彻底报废了。

想起来真是后怕。

迟明芬救了小男孩，度假村老板也很感动，说迟明芬，你不但是救了孩子，也救了我，要是孩子在度假村出了事，我也有责任！

回家后，丈夫埋怨迟明芬说，你真虎，人家都不认识你，救了人，人家爸妈都没露面，怎么个事都不知道，你就下水救人，你要是出了什么事，谁管你？

迟明芬说，就那么个小游泳池，我不可能出事，民兵训练时，武装泅渡都参加过，背着枪，身上捆着武装带，大风大浪里比赛谁游得快，我哪次落后了？小游泳池算什么！

丈夫说，你那时多大？现在多大？六十了！老胳膊老腿的。再说，手机是儿子给买的，不是小钱，要是因为救人，手机报废了呢？你帮工一天才挣几个钱？

迟明芬也心疼手机，虽然还能用，但表面的划伤非常明显，再说摔了这一下，肯定会影响使用寿命。手机落地时那"啪"的一声脆响，像针一样扎在她的心头。

迟明芬说，行啦，顶多是手机报废，比起人命，算个什么？不是有句话吗？救人一命，胜造七级浮屠。我这就是救人一命。

丈夫也笑了，说，人没事就好。

被救那个小男孩的姥爷，在2023年樱桃上市季节，从普兰店通过快递寄了一箱大红樱桃给迟明芬表达谢意。

　　迟明芬跳进游泳池救人的事，她的几个老同学知道了。冬天同学聚会时说起这事，都说应该大力宣传，不但是宣传你，也是宣传女炮班精神。

　　迟明芬摆摆手说，拉倒拉倒，当时我什么也没想，脑子里一片空白，只有一个念头，就是赶紧救人。

　　迟明芬乐观，豁达，说话嗓门儿大，办事干脆果断。这是她与生俱来的性格优势，在女炮班任班长那七年又得到锻炼和提高，养成了不亚于职业军人的素质。

　　现在，迟明芬依旧当居民组长，一天到晚风风火火，东奔西忙，还抽空儿干"社会工"，挣点儿零花钱，生活快节奏，过得很充实。

张桂荣

张桂荣，1972 年 9 月出生，1993 年 4 月参加工作，2009 年 7 月入党，"三八女炮班"第十二任班长。现任海洋岛镇党委委员、盐场村党总支书记兼村委会主任。

张桂荣在工作

一

张桂荣一迈出校门走上社会，就从事出纳工作，先后在海洋乡塑料制品厂、盐场村、西帮村、富达公司任出纳员；1996年10月任盐场村村委会副主任（入党后增任村党总支副书记）；2013年3月任村党总支书记兼村委会主任；2021年5月任镇党委委员。

2003年3月第十二代"三八女炮班"组建时，张桂荣是盐场村村委会副主任兼妇委会主任，主管全村计划生育，工作压力特别大。

有一天，乡武装部王部长找到她，说"三八女炮班"要在盐场村组建，让她当班长。

张桂荣毫无思想准备，非常惊讶，说怎么能让我当班长？她觉得女炮班班长不好当，担心自己干不好。

王部长说："让你当班长，是乡党委开会研究定的。"

见张桂荣犹豫，王部长又解释说，因为历代女炮班成员文化水平都不高，从这一代起，要提高女炮班成员的文化水平和综合能力，所以在选人用人方面，要考虑文化程度和基本素质。

王部长最后说："党委相信你，一定能当好这个班长！"

还有"讨价还价"的余地吗？

以张桂荣对历代女炮班的了解，无论班长还是成员，文化水平都比较低，大专以上学历的几乎没有。乡党委认识到，这个情况如果有所改变，对女炮班的发展自然是非常有利；让她当班长，是对她莫大的信任。张桂荣既感到光荣，又非常担心。光荣的是，"三八女炮班"是海洋岛乃至长海县国防建设的一面旗帜，到她这代已经传承了四十多年，每一代女炮班，每一个炮班成员都是光荣的，她能成为其中的一员，自然是非常骄傲，甚至用无上光荣来形容都不为过；担心的是，自己虽然在乡里和村里工作多年，但在军事方面是纯粹的外行，没接触过部队，更没有接触过大炮，如果说还有点儿基本功，就是读书期间上体育课进行队列训练时打下的那一点。

她的军事基础，还停留在学生时代。

张桂荣心事重重。

对于组织的安排，她必须无条件服从。

回家跟对象和父母说了这事，家里人都很支持。对象说，叫你干你就干嘛！这既是组织上对你的信任，对你自己也是个锻炼，以前那么多代，人家都干得挺好，咱怎么就不能干？

没错，人家能干，咱也能干！不干怎么知道行不行？她虽说性格比较内向，但是从来不服输，也没有输过。

二

正式训练才知道，之前的担心并非多余。

第十二代女炮班七个人全是来自不同行业的新人，素质是一流的，各方面都是顶尖的，但有一个共同特点——军事基础为零。

到了八五炮连训练场上，两眼一抹黑，所接触的一切都是那么陌生。

第一天训练队列。教官一步一步认真地教，她们一招一招虚心地学。不就是向左转、向右转、稍息、立定、看齐、齐步走吗？在学校上体育课的时候，老师都教过。

可就是这些最基本最简单的军训科目，她们都很难将动作做到整齐和到位。

张桂荣感觉，部队要求的，和上体育课训练队列时要求的，根本就不是一个层次。

除了陌生，还有累。训练一天下来，感觉身上所有地方都疼，脑子也累，因为需要不停地记动作，反复在脑海里回放。张桂荣是班长，需要喊口令。因性格比较内向，她站在队列前面，怎么也喊不出口，喊出来的声音也没有那么洪亮，还有喊错的时候。

喊队列的口令都这么难，要是喊操炮的口令呢？

张桂荣感觉自己真的不行，乡党委让她当这个班长，是把她架在火上烤。

她要打退堂鼓。

才上任第一天，就要退缩了？

七个人，之前互相都不熟。但女炮班这个集体有一个优势，就是抱团，有困难一起克服。大家由陌生到熟悉，心往一处想，劲儿往一处使，非常默契，也非常努力。见张桂荣喊口令拘谨，大家都鼓励她放开了喊，喊错了也不要紧，再喊一遍嘛。

张桂荣一遍遍地喊，大家一遍遍地练，终于一点点上道儿了。

结束了第一天的训练，张桂荣也算摸到了门路。她是个要强的人，不管干什么，除非不干，要干，就必须干好。训练队列是基础，打好基础才能进行操炮训练。她回家后躲屋里练，立定、稍息、看齐……边喊口令边做动作，非常投入。

她很期待正式接触大炮。

三

操炮训练时，要重点进行"放列""撤去"训练，有口令，有动作，动作紧随口令，一整套训练环环相扣。张桂荣后来想想，这些口令和动作并不复杂，但当时就觉得特别难，正像俗话所说"难了不会，会了不难"。刚开始学口令，发出口令专业性太强了，节奏也不好掌握，张桂荣总是喊了上句忘了下句，丢三落四，根本记不住，还不时"卡壳"。

为了记住在当时看来非常复杂的操炮口令，张桂荣在训练场上练，走路回家时练，做饭时一边炒菜一边在心里喊，手在忙别的，嘴在念口令，脑子在记口令。

她不知道别人当班长时是怎么练的。她，就是这么反反复复地练，最终练成了行家里手。

喊口令不容易，练操炮更辛苦。张桂荣非常欣慰的是，女炮班的姐妹们没有一个人叫苦喊累。

女炮班精神是代代传承下来的，只要站在那个位置，身上所有的娇气就全都不见了。张桂荣不是个娇气的人，工作中有一股泼辣劲儿。这股泼辣劲儿用在操炮训练上恰到好处。可炮手中有人自带娇气，毕竟大多是年轻姑娘，爱美，从小到大也没有吃过什么苦，训练时要开火炮笨重的大架，要搬很重的炮弹，要没完没了地重复一些高难度动作，她们能吃得消？

但是，到了紧要关头，没有一个人有半点儿娇气，都扑下身子，咬紧牙关，能使出多大的劲儿，就使出多大的劲儿，只要有一个人动作不到位，大家就一遍遍地陪她练，直到动作完全达标。

女炮班成员都有本职工作，所以每次训练时间都很短，但进步快，操作大炮时敢和部队战士们比速度，而且每次都会胜过他们。其窍门就是一个字——练！为了比战士们更快，人家休息时，女炮班还在练。班长要做表率，张桂荣随时练习喊口令，动作也在脑子里反复回放。她已经没有了第一天训练时的那种不适和不自信。既然当了班长，就要担负起班长的责任，带好这个班，要求别人做到的，自己必须先做到。

四

"飞身下车"训练是更大的挑战。

卡车运炮到阵地，炮手们要跳车，这是实战的需要。班长坐副驾驶位置，到了阵地后直接下车，不需要从车上往下跳，而是负责喊口令，让其他人从车上跳下来。

跳车，是历代女炮班训练时最头疼的科目。解放 141 大卡车，车帮加装了木头栏板，非常高。练习跳车时，姐妹们大眼瞪小眼，没有一个人敢跳下去。张桂荣着急，她虽然不用跳车，但为了带好这个班，树立班长的威信，必须起个带头作用。

她爬上车厢，一遍遍认真地看教官示范，听教官讲解。她想，只要我学会了，只要我敢跳了，大家就敢跳了。

"从我开始，我先跳。我跳了，你们也必须跳！"

张桂荣语气坚定，神情坚毅，其实内心也很害怕。

壮着胆子从车上跳下去，张桂荣成功了。

"好，我跳下来了，大家也跳吧！"

大家虽然还是有些胆怯，但有张桂荣带头，最终都跳了下来。最后一个人落地后，大家聚在一起，非常有成就感地高喊着："我们成功了！"

成功了！

她们一个个激动得热泪盈眶。

五

女炮班每年的训练时间都很长。第一年打基础，训练时间格外长。以后每年至少要保证一个月的专门训练时间，不包括平时的短期训练和迎接首长视察时的突击训练及表演的时间。

村里工作也很忙，人手少，各干一摊活，张桂荣分管计划生育，工作压力非常大。那些年，计划生育管理特别严，海洋岛外来人口多，所有外来人口要及时登记及时上报。白天的训练必须参加，不能因为自己缺席影响大家训练，就只能白天训练晚上加班，补上落下的工作。训练累了一天，晚上还要东跑西颠，特别辛苦。

加班是常态，张桂荣已经习惯了这种没有规律的作息。每天白天训练累了一天，晚上加班，十点才能回家。虽然睡眠时间被压缩了，但是第二天回到训练场上，又精神抖擞，倦意全消。是精神激发了潜能，每个人都有了"超能力"。她们不仅训练没被耽误，而且工作也没受影响，感觉特别充实。

练习操炮的人，身体经常触碰炮，尤其是腿和胳膊，难免青一块紫一块，肉疼，骨头也疼。那时张桂荣孩子小，晚上要准时叫孩子起床撒尿。因为白天太累，张桂荣一觉睡过了头，孩子起来哭闹，她都不知道。

第一阶段训练结束后，女炮班和部队一起召开总结会。之前没人告诉张桂荣让她上去介绍经验，她也没有准备。首长突然点名，她有些蒙。但作为班长，让她总结也实属正常。她第一次站在连队前面总结经验，就像第一次站在大炮面前手足无措一样。尽管很紧张很慌乱，但她脑子里很清晰，所有经历都排列有序，只需归纳和提炼，一一道来。当着全连官兵和炮班姐妹，张桂荣全面系统地总结分析了带领女炮班训练、学习的情况，逻辑严密，条理清楚，受到首长和连队官兵赞许。

人生有很多第一次。每经历一个"第一次"，都是成长和进步。

第一次打实弹，在哭娘顶下面操作八五加农炮，张桂荣心里特别紧张。因为训练时教官讲过，从炮弹箱里拿炮弹往炮膛装填时，炮弹如果拿不好，掉到地上就会爆炸。训练时搬动训练弹，没有这方面的担心，而实弹射击，操作威力巨大的真炮弹时，说不紧张是假的。但紧张的情绪中也有骄傲的成分，因为通过训练，她们终于有资格打实弹了。

操炮训练的时候，女炮班只有一个念头：一定要服从命令，好好训练，争取早日打实弹，并且一定要打出好成绩。

女炮班真是锻炼人的集体，大家都非常争气。训练时吃了多少苦，检验成果时就有多少回报。她们非常欣慰，汗水没有白流。

炮响了，首发命中！

张桂荣带领的女炮班第一次打实弹，成绩非常好。

六

　　2008 年退役后，张桂荣全身心投入到村里的工作，坚守在一线，负责民事调解、计划生育、妇代会、文化等方面的工作。她曾获 2009—2010 年度大连市人口和计划生育先进工作者、2012—2013 年度长海县精神文明建设积极分子、2014—2015 年度长海县"三八红旗手标兵"等称号，2015 年和 2016 年连续获得长海县征兵工作先进个人称号。

　　2013 年，张桂荣任村党总支书记兼村委会主任，注重抓班子带队伍，在扶贫帮困、人居环境整治、农村无害化厕所改造、

左一为张桂荣

美丽乡村建设等工作中表现突出。新冠肺炎疫情期间，张桂荣坚守一线，获大连市"双一百""双十佳"先进典型通报表扬。2002—2020年，张桂荣任县、镇两级人大代表，其中2007—2012年任长海县第十六届人大常委会委员。

逢晓丽

逢晓丽，1978年5月出生，2008年7月入党，"三八女炮班"第十二代成员、第十三任班长。现在海洋岛镇人民政府工作。

左一为逢晓丽

一

逢晓丽出生在海洋岛岭后大队川蹄沟屯。

川蹄沟只有两户人家，和张家楼屯的六户人家组成一个生产队，即张家楼生产队。张家楼之所以全国闻名，是因为 1960 年初驻军在这里建立了哨所，随后由张家楼五位妇女组建了第一代"三八女炮班"。张家楼共有八户人家，哨所被当地群众誉为"渔村第九户"。

"渔村第九户"的牌匾早已存放在中国人民革命军事博物馆。而 1962 年当地群众给哨所挂匾时，牌匾中间偏上只有三个醒目大字——"第九户"，下面落款一行小字："张家楼全体贫下中农 1962.6.30"。这个日子具有非常重要的纪念意义，即"三八女炮班"成立两周年。这个牌匾，也有照片为证，照片拍摄的是张家楼群众为哨所挂牌匾时的情景，牌匾挂在哨所一楼大门的上方，一位老汉正站在凳子上对牌匾进行固定，下面是大人小孩和哨所战士们欢天喜地的热闹场面，女炮班的五位民兵，自然是这场活动的主角，一个个喜笑颜开。

而在逢晓丽的母亲——女炮班第四任班长魏淑燕珍藏的一张张家楼群众和哨所战士们联欢的照片上，哨所一楼大门上方的牌匾赫然刻着"渔村第九户"五个大字，下面的小字看不清楚。照片拍摄于七十年代初，即魏淑燕的姐姐魏建敏担任女炮班班长时期。照片上两位张家楼姑娘站在中间，每人双手举着一篮红枣，两篮红枣相碰，与人体构成近似"比心"的桃形。她俩身后，有四个哨所战士举着草帽，像举着葵花一样做着舞蹈的姿势。她俩身前，是包括当时还没加入女炮班的魏淑燕等在内的四个姑娘，她们同样手端草帽，半蹲着，似乎是将草帽旋转起来，在表演杂技节目"转盘子"。表演核心区旁边，有一位战士敲打着由支架撑起的小鼓，鼓点的节奏和韵律仿佛透过照片传播开来。表演区周围，三十多位男女老少或坐在放躺的方凳上，或席地而坐，饶有兴趣地观看张家楼女民兵和哨所战士

军民联欢

表演的精彩节目。

这张照片上，没有当时的女炮班班长魏建敏，但有后来的女炮班第四任班长魏淑燕和第五任班长魏传娥。魏淑燕是前面半蹲的四个女孩之一，魏传娥是中间举红枣的两个姑娘中的一个。

魏淑燕说，这张照片是军民一起在哨所表演节目《大红枣儿甜又香》的时候照的。那时候张家楼军民一起学习，一起劳动，一起训练，一起排练节目到各个生产队和连队演出。"八一"建军节，军民开联欢晚会，非常热闹。张家楼的姑娘们活泼开朗，爱说爱笑爱唱，军民一起劳动时在田间地头说说笑笑唱着歌儿非常开心，走上训练场时又异常严肃，立志练好本领保卫祖国的海防前哨。

这张照片真实反映了当时张家楼军民关系的极度融洽，同时也说明了一件事：1962 年张家楼群众给哨所挂的牌匾上写的是"第九户"，后来牌匾换了，牌匾上的字改成了"渔村第九户"。

加上"渔村"二字，更贴切，更有地域特点，传播的速度也更快，"渔村第九户"也更加广为人知。

二

严格地说，张家楼是逢晓丽出生的地方，因为她的出生地川蹄沟也属于张家楼。但在逢晓丽很小的时候，全家就搬到了圈里（青龙山以西，太平湾畔），她对张家楼、对川蹄沟、对哨所没有印象，但女炮班的基因是刻在她骨子里、融化在她血液中的。

《海岛女炮班》一书对逄晓丽母亲魏淑燕的社会关系作了简单梳理，几乎所有亲属都能和女炮班搭上关系。魏淑燕的姑、姨、婶、妯娌、姐姐等多人都先后是女炮班的重要成员，魏淑燕本人是女炮班第四任班长。虽然在逄晓丽出生时，母亲魏淑燕已经退出女炮班，但从女炮班走出来的母亲，对逄晓丽的成长注定会产生重大影响。母亲的社会关系，也完全被逄晓丽继承，并进一步扩展，就像大树又增加了新的年轮并长出更多枝杈。

逄晓丽的亲伯母王淑琴是第一代女炮班炮长；

逄晓丽的亲二姥杨金荣是第一代女炮班炮手；

第一代女炮班装填手魏传琴是逄晓丽堂姑姥；

第一代女炮班引信手徐福英是逄晓丽堂姨姥……

第一代女炮班五个人，除班长张淑英是从北砟石搬来的"外来户"，其他四人均和逄晓丽有很近的亲戚关系。

往下呢？

女炮班第三任班长魏建敏是魏淑燕的姐姐，逄晓丽的亲大姨；

女炮班第四代成员逄丽芬是大伯逄增全和伯母王淑琴的大女儿，逄晓丽的亲堂姐；

　　女炮班第五代瞄准手魏淑娟是二姥爷魏传祥和二姥杨金荣的大女儿，逢晓丽的亲堂姨；

　　女炮班第五任班长魏传娥和第六任班长魏冬梅，都是逢晓丽的堂姑姥……

　　女炮班的光环照耀着逢晓丽的成长之路。

　　在全民皆兵的年代，逢晓丽姥爷魏传海家是海洋岛屈指可数的"全家兵"家庭之一。从太姥爷魏喜往下，姥爷、姥姥、大舅、二舅、三舅、四舅、大姨、小姨和母亲，共有九人持枪，与驻守海洋岛的陆、海、空三军和广大民兵共同担负保卫海防、建设海岛的重任。

　　逢晓丽母亲魏淑燕保存的另一张珍贵照片，是海洋岛几个"全家兵"家庭打靶比赛之后，魏淑燕和姐姐魏建敏在一处空

逢晓丽的母亲魏淑燕（左）
和大姨魏建敏

旷地带的合影。留着长辫的姐妹二人穿着厚实的春装,腰上捆着武装带,魏建敏左手指向前方,魏淑燕右手持望远镜,看着姐姐手指的方向。她们的身后,是春风一吹就能生枝发叶的几棵树……

三

逄晓丽小时候活泼开朗,很有主见,上学后学习成绩好,在同学中威信很高。中学毕业后,逄晓丽在海洋乡冷库和海洋岛宾馆工作,随后到乡政府工作。不管在冷库、宾馆还是乡政府,逄晓丽都兢兢业业,任劳任怨,工作非常出色,领导和同事都很满意。

逄晓丽从小就向往军旅生活,也很想参加女炮班。但是从 1986 年到 1996 年这十年间,女炮班都以单位为依托,或建在养殖场,或建在育苗室,人员也从企业抽调。1996 年到 2003 年,女炮班在岭前村马蹄沟组建,只吸收当地妇女参加,即使没有区域限制和居住地要求,圈里的人也不能参加,太远了。

逄晓丽想参加女炮班的愿望,一直到 2003 年初在盐场村组建第十二代女炮班时才得以实现。

从这代起,女炮班成员从各个单位抽调,要求文化程度高,各方面素质好。

当时逢晓丽已经结婚并有了女儿，乡政府工作非常忙，她一个人干着几个人的活，压力很大，但她还是义无反顾地报名参加了女炮班。

四

女炮班训练辛苦，工作和训练有矛盾，孩子小，家务事很难兼顾，这些问题都在预料之中。一代代女炮班，都是这么走过来的。

作为炮手，作为"全家兵"的后代，逢晓丽无疑是非常优秀的。

一晃五年过去。

2008年4月组建第十三代女炮班时，已有五年"兵龄"的逢晓丽接任班长，决心带领女炮班再创辉煌。

这代女炮班成员有好几个是从第十二代过渡过来的，底子比较好。

那天，女炮班全体成员身着迷彩服，头戴女兵帽，全副武装，喊着响亮的口号，迈着整齐的步伐，到高炮二连报到。海防团在高炮二连训练场隆重举行了"三八女炮班"的授旗仪式。团长将红旗交给高炮二连连长孙苏明，逢晓丽神色庄重地从孙苏明手中接过红旗。"三八女炮班"的旗帜在训练场上、在海洋岛的上空迎风飘扬，鲜艳的色彩映红了逢晓丽的脸庞，也照亮了女炮班民兵们的心扉。

在"三八女炮班"的历史上，激动人心的时刻有好多好多。实弹射击三发全中、受到元帅的接见和赞扬、在人民大会堂参加全军会议、从上级机关捧回奖杯和奖牌……授旗仪式令人激动。当逄晓丽紧握旗杆，将红旗轻轻挥舞，有呼呼的风从头顶拂过，她知道，她接过的是使命，是责任，是女炮班延续了将近半个世纪的薪火。对她来说，这是动力和压力的叠加，是一场大考的前奏。

在高炮二连的训练场上，团首长还宣布了一个令人振奋的消息：由于女炮班多年来的出色表现，她们正式成为高炮二连的一个炮班。

没有人出声，都在心底里欢呼。虽然她们没有军籍，但作为连队的正式炮班，她们可以更加名正言顺地和战士们同场训练、竞技，在同一起跑线上向前飞奔，看看谁更优秀，这才有悬念和期待！

而女炮班，什么时候输过？

有一次，还真的差点儿就输了。

2010 年 9 月的一次演练中，上级命令高炮二连负责全师高炮分队应急快速反应任务，女炮班要和连队各班一道，快速占领山顶的炮阵地。

从连队营房到炮阵地，路窄坡陡，高度落差达一百五十米。每个炮班还要携带重达六十公斤的两箱高炮弹药，加上个人装备，每人负重最多达三十五公斤。负重、爬坡，又是盛夏之尾，天气仍旧炎热，爬坡期间还要不时地钻坑道、越壕沟，随时处理复杂的训练科目，男兵们都有些吃不消，何况女民兵们？

女炮班落后了。

仰望又高又陡的山顶，抹着滚动在脸庞的汗珠，大口大口地喘息着，双腿已经颤抖得快支撑不住身体了，她们仍然没有停下，而是艰难地向上攀登。她们看着爬到前面的战士，尽力地追赶。这个时候，她们依然保持着军容军纪的严整，互相用眼神鼓励，用微笑共勉，都一声不吭，无比顽强地向上迈步。

从演练开始，连长孙苏明就特别关注女炮班。他预想的是，女炮班能坚持到中途，也就是爬到半山腰。女同志的体力怎么能和男同志比？孙苏明看到逄晓丽带领的女炮班紧紧跟随在战士们的后面，感觉这已经是她们所能迸发的最大潜力了，再这样下去，她们会累垮的。

孙苏明和战士们多次爬过这座山。连队营房在山腰，炮阵地在山顶，他们爬山是家常便饭，经常爬，爬到山顶也会累个半昏。此时孙苏明也已经气喘吁吁了，女炮班可是初次爬山，她们就是意志再坚强，体能也是有极限的。

孙苏明停下，等女炮班班长逄晓丽赶上来，他对逄晓丽说："可以把弹药分给其他男炮班，这样你们就能轻松一些，全连的速度也能快一些。"

逄晓丽也停下，很认真地思考了一会儿，看着孙苏明说："孙连长，现在你可以让战士们代替我们，但是打仗的时候谁来代替我们？女炮班的阵地就在上面，我们绝对不拖全连的后腿！如果谁落后了，哪怕是全班一起抬，也要把她抬上去！"

逄晓丽说这番话时，脸颊绯红，呼吸急促，目光炯炯，神色无比坚毅。

孙苏明愣住，一时竟无言以对。

逄晓丽转身朝下，手一挥："快！"

仿佛是逄晓丽对孙苏明说的那番掷地有声的话给姐妹们注入了力量，不甘示弱、勇于挑战的女民兵们闻令而动，一鼓作气，终于追上了战士们，全连几乎同时登上山顶。

女炮班没有拖连队的后腿。

这次演练长达两个多月，从夏末到深秋。逄晓丽她们膝盖磕伤、后背磨破、浑身疼痛，很多人的陆战靴都磨穿了，靴尖张开了"大嘴"。军用陆战靴多么坚固耐用，却在女民兵的脚上被磨穿磨透，这是多么高强度的训练！她们吃尽了苦，受足了磨炼，一个个变得更加坚强。

要塞区司令员来连队检查指导工作，看到女炮班在高强度训练时和男兵比毫不逊色，甚至更胜一等，评价道：训练有素、精神可嘉！对女炮班班长逄晓丽，首长更是给予很高的评价。

只有铁打的班长，才能带出铁打的女炮班！

2014年3月，海洋岛"三八女炮班"被省妇女联合会授予"辽宁省三八红旗集体"称号。

2015年7月，组建第十四代女炮班时，逄晓丽退出。

五

逄晓丽在海洋乡政府工作长达二十多年。

乡机关人手少，每个人都一身兼多职。逄晓丽能力强，人也要强，承担的工作格外多。2003年她刚加入女炮班时，女儿只有一周岁，工作、训练和家事产生冲突是常有的事。而工作和训练的矛盾最为突出。

从她们那代起，女炮班成员从全乡各单位抽调，这样做的好处是可以选择、集中高学历、高素质的人员，在女炮班这个光荣的集体里进修和深造，为海洋乡培养和输送人才。问题是，每个人都有本职工作，训练再忙，工作不能落下，加班加点就成了日常和习惯。

逄晓丽刚到海洋乡政府时，负责文书、档案和后勤工作，因表现优异，受到领导和同事们的高度赞扬。2003年至2015年，逄晓丽担任第十二代女炮班瞄准手和第十三任女炮班班长期间，她负责的乡政府的工作多用停训时间来完成。逄晓丽退出女炮班后，可以"全日制"上班了，乡领导让她担任海洋岛镇社会事务办公室主任，负责民政、残联、社会保险、文化体育旅游、慈善、低保等工作，对应县政府很多部门。虽然社会事务办公室有办事人员，但这些工作哪样不得逄晓丽操心？哪样不得她亲自出马、身临一线、有始有终地圆满完成？要强的逄晓丽给自己树立了很高的标杆——工作要做到完美，做到极致，不能有丝毫的瑕疵，不能让人说半个"不"字。

从女炮班走出来的逢晓丽，走到哪里，都带着女炮班的冲劲儿、闯劲儿和拼劲儿。

多少年来，工作和训练成了逢晓丽人生的全部。女儿上幼儿园她不能正常接送，就连女儿生病，她也很难有时间照顾。2007 年女儿李屿萌五岁时，一次生病，发高烧接近四十度。太吓人了！逢晓丽心急火燎地送女儿到卫生院打吊瓶。吊瓶还没打完，逢晓丽的手机响了，是班长张桂荣打来的。部队首长要来检查训练情况，女炮班限时紧急集合！……手握电话，逢

右一为逢晓丽

晓丽瞬间呆了。女儿正发着高烧，吊瓶的输液管正一滴一滴将消炎药物输入女儿的体内，这个时候必须有人在身边照看，她怎么能离开？可女炮班的训练，又耽误不得。她是瞄准手，是女炮班的灵魂人物，必须服从大局。现找人替换已经来不及，她必须马上走，分秒都不能耽搁！逄晓丽眼圈含泪，将女儿交给护士照看，自己骑上摩托车，飞奔而去，在指定的时间内到达了训练场。

没有人知道她内心所受的煎熬。

六

看着女儿东一头、西一头，风风火火地忙，日渐消瘦，父母心疼。

魏淑燕说："晓丽，你在乡里干那么多样的活儿，就不考虑考虑自己的身体吗？"

父亲逄增林也说："你以后，不能再这么干了。"

无论父母怎么说，逄晓丽都不正面回应，只是说没事儿，不用为她操心。

魏淑燕和丈夫很无奈，只好多帮女儿做些事情，减轻她的压力。为女儿做饭，让她无论加班到什么时候，回来就能吃上热乎的饭菜，成了这个时期魏淑燕乐此不疲的事情。

逄晓丽工作拼命，说她是"工作狂"一点儿都不为过，自己分担的工作肯定要百分之百地干好，别人的活儿忙不过来时她也帮着忙乎。在乡政府，在女炮班，她都是这样的热心肠，这一点倒是很像魏淑燕。但拼命工作，还分担别人的工作，经常加班加点到深夜，累的是自己。

工作上的事，魏淑燕两口子半点儿都帮不上。每天为女儿做两顿饭，让女儿回来就吃，吃完就走，除了忙工作，也能挤出时间休息一下，这个魏淑燕能做到。魏淑燕要做女儿的坚强后盾，也只能帮她这么多。

在不断的自我加压下，逄晓丽的身体状况越发堪忧，她自己还蒙在鼓里，魏淑燕更是一无所知。

逄晓丽也不是丝毫没有觉察，而是工作太忙无暇顾及。积劳成疾，还顽强地坚持工作，身体多次发出预警信号，她却没有理会。

社会事务办公室开展"一站式"服务，公共事务大厅就是逄晓丽和几位工作人员的主战场。工作千头万绪，因长期训练造成的身体隐伤也经常发作，有好几次，逄晓丽正忙碌着，不知不觉就"嘭"的一声晕倒在地，吓得周围的同事大声尖叫，她却已经不省人事……

逄晓丽晕倒在工作岗位，魏淑燕起初并不知情。逄晓丽醒过来后，感觉没有什么大不了的，还能继续工作，自然不会和父母说自己晕倒的事。

在逄晓丽又一次晕倒的时候，她的同事给魏淑燕打去电话：

"阿姨……"魏淑燕听着对方焦急的声音，心都沉到了谷底，手里的电话都拿不住，当即和逄增林赶往医院。

他们看到的情景是，逄晓丽躺在病床上，闭着眼睛，鼻子上还插着呼吸管。

"晓丽！晓丽！……"

魏淑燕两口子吓坏了。坚强的魏淑燕，此时也已经眼圈发红。

发条绷得太紧容易断裂，高强度的工作透支了她的身体，各种疾病就找上门来。逄晓丽多年前已经患脑梗，只是因为精神的支撑，她一直没有倒下，而当疾病骤然发作，她不得不外出就医时，医生的诊断结论令人震惊——陈旧性脑梗。

这顽疾，隐藏得多深，多么险恶！

逄晓丽，又是何等坚强！

七

刚到中年的逄晓丽一次次游走在死亡线上，又一次次被从鬼门关拉了回来。她没有被疾病吓倒，醒过来后照样拼命工作。女炮班拼搏奋斗不服输的精神，在她身上体现得淋漓尽致。

新冠肺炎疫情三年，也是逄晓丽带病工作、东奔西走、异常劳碌的三年。为残疾人服务，为低保户服务，为失独家庭服务，她始终在为海洋岛数千居民的大事小情奔走忙碌，从未停歇。

　　海洋岛镇党委政府领导得知逄晓丽的情况，深为感动，也替她担心，调整了她的工作，给她减压，也让她有时间和精力自我休整。

　　逄晓丽会停下来吗？

　　骨子里的坚强，是会相伴终生的。

　　她始终与疾病这个大魔鬼搏斗，心中装着职责和使命，生命不息，奋斗不止。

牟苹丽

牟苹丽，1979 年 11 月出生，大学本科学历，1999 年 6 月任海洋乡中心幼儿园教师，2005 年 6 月加入中国共产党，2007 年 9 月任海洋乡工会助理，2016 年 5 月任海洋乡盐场村党总支副书记，2017 年 4 月任海洋岛镇中心幼儿园园长，曾获大连市总工会建立工会组织工作先进个人、大连市优秀共青团员、长海县优秀教师等荣誉称号和全县幼师技能技巧大赛二等奖，是辽宁省第十四届人民代表大会代表，"三八女炮班"第十三代成员、第十四任班长。

一

牟苹丽的父亲是船厂工人，母亲是家庭妇女，还有一个弟弟。

2007 年，牟苹丽参加大连市总工会组织的乡镇工会助理招录考试，以优异成绩被录取，9 月上岗。

2008 年 4 月，第十三代"三八女炮班"组建时，乡武装部林助理找牟苹丽谈话，说综合她的学历、身体素质等各方面条件，决定吸收她为女炮班成员。

在女炮班，牟苹丽担任双三七高炮的五炮手。

牟苹丽介绍女炮班发展历程

第十三代女炮班中有六人是从第十二代过渡过来的，只有她是新人。别人都有很好的基础，而她是从零开始，遇到的困难自然也就比别人多。再苦再累，困难再大，也要坚持，牟苹丽只有一个念头：尽快提升军事技能，取得好成绩，早日成为一名合格的炮班成员。

牟苹丽克服困难，坚持高强度训练，军事技能不断提升。

高炮连后面的山坡特别陡，战士们走都费劲儿，为防止发生意外和减少体力的超额消耗，他们顺着山路，在路旁的树上绑了一根长绳助力。牟苹丽她们平时训练登山，都是手脚并用，再借助绳子的力量慢慢爬到山顶。可是接到紧急拉动任务时，她们就得快速占领阵地，哪有时间去抓绳子？快速攀登，上气

牟苹丽与双三七高炮

不接下气，那种累真是无法形容。有一次拉动，因为温度高，运动量大，炮手宋爱民爬到山顶就吐了。可是首长马上要到达训练场了，不能因为女炮班耽误了高炮连全连的协同。宋爱民擦擦嘴角说："我没事，快上炮吧！"一套火炮操作结束，直到首长的车离开训练场，宋爱民才说："不行，我坚持不住了……"随后整个人就晕倒在炮位上。

这件事对牟苹丽触动很大。女炮班有坚强的团队和宋爱民这样的好队员，还有什么困难克服不了？牟苹丽训练得更加刻苦，她也成了一名合格的女炮班成员。

牟苹丽进入女炮班四个月后的 2008 年 8 月，沈阳军区司令员来岛上视察。按照要求，女炮班成员要全副武装，从连队出发，爬过将近七十度的陡坡，快速占领阵地，在首长到达观礼台后，她们马上进行实弹射击。这是一次对刚组建不久的新一代女炮班训练成果的检验。大家都铆足了劲儿，以急行军的速度爬山，在指定时间内到达阵地，完成射击前的准备。指挥哨刚吹响，牟苹丽她们操作的高炮就在震耳欲聋的发射声中喷出火焰，天空中一枚红色气球应声破碎。"打中了！……"观礼台上顿时响起了热烈的掌声。

牟苹丽更是激动万分。这是她第一次为首长表演实弹射击，首发命中的好成绩足以令人欢欣鼓舞。但好成绩的背后，是难以想象的超强度训练。

二

牟苹丽参加女炮班七年后的 2015 年 7 月 7 日，"三八女炮班"的旗帜正式传递到第十四代女炮班的手中，牟苹丽接任了班长。

第十四代女炮班固定的九名成员，是从不同行业中精挑细选出来的骨干，既有机关和村里的工作人员，又有教师、个体工商户等，和老一辈女炮班人相比，除继承了吃苦耐劳的优秀品质外，她们学历更高了，接受新事物的能力更强了。她们九个人一起流过血、流过汗、流过泪，吃了很多苦，受了很多累，每个人的身上都留下了或轻或重的训练印记，也有好多难忘的故事。

牟苹丽任班长不久，就连续接到两项重大任务。正值三十多度高温的盛夏，就是坐着一动不动都汗流浃背，可牟苹丽她们却要身负二十五六斤重的战斗装备，在烈日下一遍一遍地训练。训练期间，大家和男兵们一样摸爬滚打，中午就枕着头盔躺在水泥战备路上简单休息一下，身上的迷彩服早已经湿透，变得沉甸甸。由于紫外线过敏，好几个人脸上、脖子上都变得红肿，又疼又痒；同时穿戴着厚重的钢盔装具，她们头上、身上都捂起了痱子；上炮下炮，全身磕得青一块紫一块的，大家原本白皙的脸也被晒得黝黑，但始终没有一个人叫苦喊累。

她们刚练熟了双三七高炮的操作，又突然接到换训双三五高炮的命令，所有人都惊呆了！距离首长视察还有不到一周的时间，新组建的女炮班有一半是新人，却要训练从未接触过的双三五高炮的操作，她们能做到吗？

牟苹丽看到大家眼里的焦虑，就鼓励大家说："姐妹们，男兵能做到的，我们同样能做到，咱们拼一回！"

女炮班有好几个成员是有小孩的，以前她们还能间或照顾一下，这回是彻底撒手，把孩子交给家人照看。她们每天早上四点半天还未亮就准时出发，绕过一条条盘山路，伴随着清晨的雾气来到山顶的训练场，一训练就是一天。

时间太紧，必须分秒必争！每个人都豁出去了。

那几天，就连天气都格外"照顾"她们，炎炎烈日，天空没有一丝云彩，天地间像一台巨大的火炉，烘烤得人眼睛都睁不开。牟苹丽她们头戴钢盔，身着迷彩服，脚穿军靴，背着手榴弹、水壶和枪，就像奔赴战场的战士一样。她们虽然是民兵，但在训练时对自己的要求一点儿也不比部队的官兵低。

女炮班的九个人中，王晓凤是身体条件比较好的一个，但是由于训练强度大，疲劳过度，她晚上回家打开水龙头接水时，坐在沙发上等着等着就睡着了，水溢了满屋，把刚铺好的新地板都泡坏了。

林慧是新成员，她苦练压弹退弹技术，把压弹时间缩短到了两秒，这可是非常优秀的成绩了。某次全省民兵训练时，其他地区的男民兵对她不服气，组团来较量，林慧凭干净利落的压退弹动作完胜,男民兵心服口服,说女炮班是"巾帼不让须眉"。

郭娇的身材是典型的小巧玲珑型,人瘦、手小,负责递弹和拖电缆。体重九十多斤的小姑娘拖着两根和她手脖子差不多粗的电缆,像画龙一样,左右摇摆地向前跑。

徐瑞芳是一名护士,她常常是下了夜班,来不及休息就上山训练。一次训练结束,疲惫的她早早睡下。晚上九点半营区里吹熄灯哨,她愣给当成了起床哨,噌的一下从床上爬起来,边摸黑穿衣服边喊大家:"快起床,要迟到了!"把大家逗得哈哈大笑。因为实弹射击之前的高强度训练,徐瑞芳神经绷得太紧了,才会闹出这样的"乌龙"。

短发女孩小王雪,不说话的时候就像个男兵。一次比武期间,夜里突然接到考核命令,要求她十分钟内赶到考场。由于山路漆黑,又不熟悉地形,王雪把脚崴伤了。她负责用脚击发,脚崴了意味着她的考核难度骤然增加了。考官说实在不行可以弃考,王雪连忙说:"我没问题!"考核结束回到营地,她的脚踝已经肿得老高。没有冰,姐妹们就用凉毛巾一遍一遍给她敷。首长听说了她带伤完成考核的消息,第二天特意派车去接她。她却说:"不,不,我要和组织在一起!"王雪宁肯忍受伤痛徒步下山,也要和大家在一起。这样的团队,还有什么困难不能克服?

张晶担任六炮手,要求用最快的速度跑到电站去发电。九十斤的体重,要背负将近三十斤重的装具快跑。由于训练强度大，她两条腿肌肉拉伤了。大家劝她去医院看看，她说："先挺挺，等任务完成了再去吧！"为了不影响训练，她自己贴着膏药，用绷带紧紧地缠着膝盖，因为胶布过敏，她的两个膝盖肿得高高的，全是水泡，晚上又热又痒，都睡不上一个囫囵觉。后来膝盖结了一层厚厚的痂，上楼梯腿都不能打弯，疼痛难忍。即使是这样，她也没有耽误训练。

一份付出，一分收获。当首长和领导们站在阵地上，观看女炮班操炮表演的时候，牟苹丽她们从发电、压弹、瞄准，再到射击，各个操作动作规范到位，一气呵成，干净利落的操炮表演得到了在场领导们的一致好评。

牟苹丽上任之初接到的两项重大任务，经过大家的不懈努力，圆满地完成了一项。另一项艰巨任务，是参加全省民兵高炮实战演练。

三

女炮班接到参加在大连营城子举行的全省民兵高炮实战演练任务时，2015 年国庆假期还没结束，牟苹丽她们扔下上学的孩子和工作的丈夫，乘船跨海赶到了大连，第二天就投入到艰苦的训练之中。她们克服心理和生理上的困难，每天早上三点半钟就起床，准备一天的训练。

靶场位于大山深处，手机没有信号，队员们在这五天里与外界是失联状态。任务结束后，牟苹丽赶忙掏出手机拨通了八岁女儿的电话。

几天没听到妈妈声音的女儿赶忙问："妈妈，你训练结束了吗？"

牟苹丽说："是啊，我们训练结束了。你想妈妈了吗？"

女儿说："想了。"

牟苹丽问："你是怎么想妈妈的啊？"

女儿说："我晚上睡觉的时候特别想妈妈，想妈妈了我就闻闻妈妈的枕头。"

"为什么要闻妈妈的枕头啊？"

女儿说："因为枕头上有妈妈的味道。"

听到女儿这句话，平时训练受伤都不曾掉眼泪的牟苹丽再也按捺不住自己的感情，泪水夺眶而出。女儿发烧时，她在训练场；女儿打吊瓶时，她在训练场；女儿幼儿园大班毕业会演时，她还在训练场……多少次女儿需要妈妈的时候，牟苹丽都不在她身边。牟苹丽深深地自责，她认为自己不是一个称职的妈妈。

牟苹丽举着手机突然泪流满面，吓坏了身边的姐妹们，大家纷纷围过来询问。当牟苹丽把跟女儿的对话讲给她们听的时候，每个人都流下了眼泪。

2023年9月26日，在长海县举行的"三八女炮班"先进事迹报告会上，牟苹丽的女儿戴铭灿作了《我的炮兵妈妈》的报告，感动了无数听众。

戴铭灿说：

大家好，我叫戴铭灿，今年
十六岁，正在读高中。

我是一个生长在祖国黄海最前
哨——长海县海洋岛的渔家姑娘。
我的家打开窗门就能够看到大海，
就能够看到南坨子礁十二海里领海
线上奔腾的浪花。"蓝色国门"是
我从记事的时候起就烙印在心里的
概念。"爱祖国就要爱海防，爱海
防就是爱祖国"是我最牢固的信念
和情感。因为，这些早已融化在我

牟苹丽和女儿戴铭灿

心灵里的精神和思想，是我的妈妈言传身教给我的。

我的妈妈是谁？我的妈妈可了不起了，她就是全国闻名的
"三八女炮班"第十四任班长。妈妈有一个美丽的名字，叫牟苹丽。
不过，我在向朋友们介绍的时候，还是喜欢很骄傲很牛气地大
声说：我的妈妈是炮兵！

从我记事起，我的妈妈就总是穿着一身迷彩服，早出晚归。
我常常问她，为什么你和别人的妈妈不一样？为什么你不能每
天穿得漂漂亮亮，陪伴在我的身边？每当这时，妈妈总会说，
她是"三八女炮班"的一名炮兵，一名女民兵，要训练，要参
与卫岛戍边。其实妈妈能参加女炮班，我应该感到很高兴，但

是以前我并不理解她。

　　记得上幼儿园的时候，每当放学时，别的小朋友都早早地被爸爸妈妈接走了，而我，只要遇到妈妈训练，经常是最后一个被接走的，而且还是要等很久的那种。2013 年，我要从幼儿园毕业了，大班毕业会演，我们班准备了一个亲子舞蹈节目。我非常喜欢跳舞，特别是能和妈妈一块跳舞，我特别高兴，想想都甜蜜。我和妈妈精心准备了亲子装，也练好了舞蹈，可就在毕业会演前一天，妈妈接到了通知，要参加炮班训练，明天就走。听到这个消息，我特别伤心特别失望，开始耍脾气，嘴里一个劲儿地嘟囔："妈妈你去训练，我的亲子舞怎么办？我和谁跳啊？我还要主持还要跳舞，还要换礼服，你不去我怎么办呀？"妈妈说让奶奶去，可是我依旧不依不饶，最后妈妈只好搬出玮玮大姨我才勉强同意。第二天一早，妈妈把我送到幼儿园，交给玮玮大姨，妈妈抱着我只说了一句："我的大宝贝，好好表现啊！"转身就走了。那一天，我没有跳舞，当看到其他小朋友和他们的妈妈在台上跳舞的时候，我特别羡慕也特别失落，而且还委屈地偷偷地掉了眼泪。到现在，妈妈那件亲子舞服还在家里没有开封。一次妈妈收拾物品，又看见了那件衣服。她喃喃地说，这是咱们娘儿俩共同的遗憾。

　　而从小到大，这样的遗憾又何止一件？错过生日，缺席家长会，甚至抛下生病还在打吊瓶的我，匆匆赶去训练……这些早已司空见惯了。虽然有抱怨、有遗憾，但我知道，对比过去那些在炮阵地长大的孩子，我已经很幸福了，我很知足。

因为妈妈经常出差，我特别恋她，只要她一回家，我便赖在妈妈身边，成了妈妈的小尾巴，陪妈妈加班更是家常便饭。妈妈白天训练，晚上就经常带我去加班。有时候我困得不行了，妈妈就把办公室的椅子拼在一起，靠垫就是我的枕头，妈妈的衣服就是我的被子。等到夜里九十点钟，妈妈活儿干得差不多了，再把睡得正香的我叫醒回家。开始我还叽叽歪歪，后来也就习惯了。再后来她换工作岗位了，但是每个办公室的椅子和沙发我都睡过。

还记得 2015 年，那是妈妈特别忙的一年。之前妈妈也经常出差，但是每天我都可以跟她通电话、视频。但是这一次不一样，妈妈她们女炮班训练的地方没有信号，留在奶奶家的我根本就联系不到她。没过两天，我不干了，晚上吵着要跟爸爸回家睡觉，闻着妈妈枕头上熟悉的味道，就好像妈妈搂着我一样，睡得特别香。知道妈妈要回来那天，我和爸爸早早来到码头，看见妈妈的一瞬间，我噌的一下挂到妈妈的脖子上就不下来。妈妈也紧紧地搂着我。王雪姐姐说我们娘儿俩像树袋熊一样。

慢慢地，我在这样聚少离多的生活中长大了、懂事了，我越来越理解妈妈，也越来越以妈妈为荣。

当看着妈妈和她的战友们穿着迷彩服的样子，我就觉得好帅好神气，有时我就在家里戴上她的军帽，扎上腰带，对着镜子敬军礼。那一刻我觉得自己就像一名小军人。有时我还和妈妈炮班战友的孩子们一起去训练场，练队列、站军姿，坐在火炮上感受炮兵妈妈们的风采，觉得这种体验是那么地新奇有趣。

上初中后，我了解到更多关于"三八女炮班"的事迹，也更加理解和敬佩妈妈。记得有一次，我们海洋岛镇为了庆祝新中国成立七十周年，开展了关于"时代新人说——我与祖国共奋斗"的主题演讲。我顿时想到了我妈妈的故事。站在讲台上，我说："还依稀记得妈妈在训练场上挺拔的身姿、严肃的面容、坚定的眼神，顶着炎炎烈日一步一步学，一遍一遍反复练，只为能更好地掌握动作要领。豆大的汗珠顺着浸湿的头发、鼻尖、下巴，滴答滴答往下掉，严重的紫外线过敏、晒伤，越发黝黑的肤色都不能阻拦她们训练的脚步。象征着命令的旗帜在她那满是茧子的手中尽情舞动，她重复着这已经熟稔于心的指令，却仍然没有一丝松懈，认真对待。每次训练回家，我总是能看见她的身上青一块紫一块的，但她从来没有因为受伤而偷懒，总是默默地坚持去训练。她没有把这些伤当作烦恼，反而当作了一种荣耀，当作一枚优秀女炮班成员的特殊勋章。"

今年春节前夕，妈妈和她的战友们临时接到任务，要在腊月二十八这天代表"三八女炮班"作为军民共建、守岛戍边的优秀典型出席市里举办的迎新春茶话会。当听到这个消息的时候，我的内心很不情愿，马上就要过年了，海洋岛出行两天才有一趟船，万一风高浪急不通船，妈妈们赶不回来，她们岂不是不能回家过年了？！妈妈却说，这是组织交给她们的任务，是光荣使命，就算不能回家过节也要完成！最终她们圆满完成任务，并在腊月二十九这天下午三点赶了回来，我们悬着的心才算落了下来。此刻我明白了，对妈妈来说，接过前辈的枪，这不仅是一份荣誉，更是一份责任。她们一直以弘扬老炮班精神为己任，不忘初心，牢记使命，努力在新时代争当迎风傲立、香飘海岛的海蓬花！

"飒爽英姿五尺枪，曙光初照演兵场。中华儿女多奇志，不爱红装爱武装。"毛主席这首赞颂女民兵的光辉诗篇，正是炮班妈妈们的真实写照。我们的炮班妈妈，她们是女儿、是妻子、是母亲，她们更是守卫在海防线上的英勇战士！不要说她们的身躯不够坚强，她们都有一颗强大的心，精神崇高，意志顽强，她们承担起了守卫海岛、守护边疆的重任。在看到"三八女炮班"获得一串串荣誉时，我总是会感到无比地骄傲与自豪，因为我的妈妈就是其中的一员！但是在这光鲜亮丽的背后，她们也付出了很多，也吃了许多一般人没吃过的苦，我敬佩她们敢于拼搏的勇气与不服输的精神。妈妈的一言一行让我学到了坚持，学到了努力，学到了一丝不苟，学到了坚韧不拔，也学到了爱岛爱国、舍小家为大家。

最后我想说，我的炮兵妈妈们，你们是我们的骄傲，我们的榜样！我们所有"三八女炮班"的儿女们，将沿着你们的足迹，把爱国奉献、忠诚勇敢、精武善战、不屈不挠、砥砺前行的红色基因传承下去，把守岛、爱岛、建岛、富岛、强岛的红色血脉传承下去，守护好黄海前哨，守护好蓝色国门！

　　向我的炮兵妈妈们致敬！

四

　　那次训练结束从大连返回之后，牟苹丽带领女炮班参加了驻岛海防团组织的双三五高炮实弹射击考核，取得了首发命中的好成绩，一旁"观战"的团领导和官兵们都对牟苹丽她们竖起了大拇指。这一年，女炮班受到辽宁省边海防委的通报表彰。

　　有一天，女炮班突然接到去大连参加训练的任务。由于通知来得比较突然，天气恶劣没有客船，牟苹丽她们只能坐渔船到大长山岛再换乘。上午十点从海洋岛出发，牟苹丽她们六个人分别挤在两张小床上，风大浪高，一路颠簸，大家都晕船了，加入女炮班不久的张欢晕得最重，呕吐了一塑料袋。到大长山岛后，她们晕晕乎乎地换乘"哈仙岛"号客船，在海上漂到下午四点多才靠到皮口港，到大连天已经黑透了。第二天一早，她们不顾疲劳来到训练场时，都愣住了。

　　训练内容出乎她们的意料——隐蔽高炮。

　　具体操作是，四个人各举起近十斤重的铁杆子，撑着网跑到炮的四个角，把伪装网严严实实地盖在火炮上，然后再把伪装网拆除进行全连协同。

　　这是个力气活，晕船虚脱还没缓过劲儿的牟苹丽她们练了两遍，胳膊就举不动了。更难的还在后面，因为在撑网前需要炮手就位，跑位时军靴底会被伪装网勾住；躲过了伪装网，还有地面的碎石"虎视眈眈"。

第一个摔倒的是张欢，摔在满是碎石的训练场上，膝盖当时就肿起来了，手也摔破了。扑通一声，小王雪也绊倒了，她忍着痛坚持着训练。紧接着大王雪也绊倒了，膝盖上一大块紫色的淤血，皮也破了好几处。她一边擦眼泪，一边揉腿，一瘸一拐地走到队列中。

这时候，大家的情绪都受到了影响，心情特别低落。牟苹丽也特别矛盾，一边是心疼大家，另一边又担心完不成训练任务。她和大家一起分析原因，寻找解决问题的办法：在伪装网上前进时尽量抬高脚，并且要保证速度和力量。就这样，一边摸索一边练，在只有一天半的训练时间里，牟苹丽她们和男民兵同步完成了全连协同，受到了首长的接见和表扬。

五

"三八女炮班"以其六十多年的光荣传承，受到了社会各界的高度关注，2023年又被评为"全国三八红旗集体"、辽宁"时代楷模"。各种荣誉纷至沓来，但在牟苹丽心里，她们依然是一群训练时背着几十斤行囊攀越，自己支帐篷、拆帐篷、捅炮管，每天早上三点半起床，身上有瘀青、额头有痱子、脸上有晒斑的女民兵。她们会为取得好成绩而欢呼，也会为想孩子、想家而流泪。在女炮班的光辉岁月里，牟苹丽和姐妹们一起经历了太多太多，有欢笑，有呐喊，有汗水，有泪水。在女炮班这个光荣的集体里，牟苹丽感受到了拼搏、奋斗的意义，也深深体会到姐妹们的团结和友爱。

2023 年 9 月 26 日，长海县举办"三八女炮班"先进事迹报告会，牟苹丽在报告会上作了《让"三八女炮班"的旗帜永远飘扬在祖国的黄海前哨》的精彩报告。她在报告的最后说："请党和祖国人民放心，我们将一如既往地继承和发扬老一辈炮班人的光荣传统和优良作风，不忘初心，牢记使命，让'三八女炮班'的旗帜永远飘扬在祖国的黄海前哨！"

牟苹丽与老哨长吴恩军合影

炮手篇

魏淑娟

魏淑娟，1959年11月出生于张家楼，第五代"三八女炮班"瞄准手，参加女炮班时即将十八周岁，但与女炮班"同一个阵地"，可追溯到她两岁的时候。

一

魏淑娟出生的第二年，张家楼成立女炮班，二十四岁的母亲杨金荣是女炮班五名成员之一。她们既要作为主力社员参加生产队的劳动，又要抽出时间训练打炮，不仅一天到晚农田和炮阵地两头跑，潮水合适时还要下海捞菜、拾贝、钓鱼什么的，忙得不可开交。魏淑娟和比她大两岁的哥哥魏家彬没人照看，因为大伯家在她出生之前已经有了五个孩子，爷爷奶奶照看不过来。何况爷爷奶奶也是社员，都得参加农业生产劳动，爷爷魏喜还是生产队长，领着社员干活，奶奶也忙，哪有时间照看这么多孙子孙女？所以稍大些的孩子就"放养"了，因为吃奶的孩子总是哭闹，还需要谁得便谁就帮忙照看一下。

女炮班成立时魏淑娟还没断奶，母亲只得在训练间隙小跑着回家给她喂奶，再小跑着回到炮阵地训练。

当时女炮班五名成员中，四个已婚，三个是孩子的妈妈，有的已经有了两个孩子，并且还在不断地生养——还没实行计划生育嘛。后来大家就想出在炮阵地建"临时托儿所"的办法，母亲们训练打炮之前，把孩子抱到阵地，让他们自己玩耍；母亲们一边训练，一边用眼睛瞄着孩子，训练和看孩子两不误。

1961年，魏淑娟不满两周岁，哥哥四周岁，母亲训练时就把他们两个都带到炮阵地。母亲领着哥哥，抱着她，让他俩和另外几个小朋友一起玩耍。

那张后来广为流传的黑白照片"阵地临时托儿所"，是驻军某干事到张家楼哨所时遇上了，给抓拍的画面。照片上方是母亲们在大炮前后左右忙训练，下方是四个小孩很乖巧地坐在地面的薄被子上，孩子们背后是盒子形状的木制枪架，女民兵们的五支老式步枪斜着放在枪架上。

四个孩子分别是杨金荣的大儿子魏家彬和大女儿魏淑娟，王淑琴的儿子和牟福玲的女儿。第一代女炮班成员名单上没有牟福玲，她是"打替班"，谁有事她顶上，同时也把孩子抱到炮阵地。第二代女炮班成立时，牟福玲正式加入。

"阵地临时托儿所"的成员构成是动态的，后来又有新的小朋友加入。他们是听着母亲训练操炮的口令，看着母亲训练

时的满脸汗水长大的。而这张堪称经典的照片，真实反映了女
炮班训练的艰苦。

<h1 style="text-align:center">二</h1>

随着魏淑娟逐渐长大，爷爷魏喜年岁也大了，不再担任生
产队长，由父亲魏传祥接任。

张家楼只有八户人家和一个被称为"渔村第九户"的驻军
某部哨所，生产队劳动力不足，耕地却不少。农忙时节，哨所
官兵和社员们一起"忙"。当地小孩子们受劳动力不足的影响，
都早早地下来干活。多数孩子只念到小学毕业，能念完初中的
已经很了不起了。

哥哥魏家彬十六岁当渔民出远海打鱼。驾船出海，是岛上
男性劳动力普遍的就业选择和谋生之路。

两年后，魏淑娟也十六岁了，她参加岭后大队创业连，在
张家楼南面的北砟石屯修梯田。

"创业连"是"创业队"的另一种叫法，因为当社员时都
编入民兵组织，多以连为单位。

岭后大队所有生产队的耕地大都是坡地，下雨时水土流失
严重，土地本来就贫瘠，地表的土再被雨水带走，就更不能增
产丰收了。张家楼人早就有在山上修小块梯田的做法。创业连
在北砟石修梯田，起早贪黑，声势浩大。魏淑娟在创业连上班，

不仅累，还没有伴儿。一个十六岁的小姑娘，独自走在弯弯曲曲的山路上，一边是高不见顶的青龙山，一边是陡崖下涛声不绝的大海，她不免有些胆怵。坚持干了一段时间，又调到离家更远的北坨子养殖场，养殖海带菜和贻贝。这回是住在集体住宿，不用起早贪黑走夜路了，还减轻了家里的负担。她决定就在这里干下去。

这期间，第四代女炮班瞄准手杨玉英在生产队农田改造施工时右手有三根手指被雷管炸掉了。瞄准手负责火炮击发，右手的功能必须保证。杨玉英的意外，导致女炮班没有了瞄准手。

渔村孩子能吃苦，从小在风里浪里摸爬滚打，从事海上作业，女孩子也不比男孩子差。魏淑娟做好了在养殖场打持久战的准备，却不想守备区一位科长来到北坨子，找到魏淑娟，让她回生产队，接替杨玉英当女炮班瞄准手。

北坨子在海洋岛最北端，像海洋岛伸出的一条弯曲的尾巴。涨潮时，北坨子与海洋岛断开，退潮后又连到一起。从海洋岛到北坨子，要攀登很高的礁石，北坨子上只有几条羊肠小道，去一次很不容易，而那位科长连着去了好几次。

魏淑娟每次都摇头。

她不想参加女炮班。因为女炮班训练射击有多辛苦，她一清二楚。母亲为女炮班奉献多年，得了一身病，非常痛苦，魏淑娟看在眼里，疼在心里。她真心不想参加女炮班。

科长三番五次做魏淑娟的思想工作，大道理、小道理，一遍一遍地讲。科长相信，第一代女炮班炮手杨金荣的女儿，一定会接过母亲的炮，在女炮班干出成绩来。

也只是一时的想不通，魏淑娟明白。如果母亲知道她不愿意参加女炮班，会怎样批评她？

严厉是一定的。

魏淑娟是真的不想为保卫海防作贡献吗？当然不是。一个在炮阵地长大的姑娘，再次走向炮阵地，是魏淑娟作出的一生中最重要的决定。

1978年1月，第五代女炮班组建时，刚满十七周岁的魏淑娟离开养殖场，回到生产队，既参加农业生产，又担任女炮班的瞄准手。

女炮班的辛苦和劳累，魏淑娟这次是亲身领教。负责开大架的两位炮手最累，两条大长腿一样的大钢架，靠手拉分开、固定，靠手推动、合拢，每完成一次，两个炮手就累得什么似的。

别人付出的是体力，魏淑娟当瞄准手，累的是眼睛，检验的是心理素质。一开始，她记不住瞄准器具的名称，也根本不懂瞄准要领。母亲在女炮班时当过一段时间瞄准手，但母亲只能说个大概，而且母亲已经四十多岁，正式退出女炮班多年，不可能手把手教她，是哨所班长杨传荣手把手教她学瞄准。

杨传荣班长手把手地教，而魏淑娟又一心一意地学，所以她很快掌握了瞄准要领，每次实弹射击都是三发三中。为女炮班和哨所争了光，自己也感到很光荣。

<h1 style="text-align:center">三</h1>

魏淑娟第一次在工事里面打炮，就出现意外情况——耳朵震聋了。

女炮班进行实弹射击表演时，有时候是在炮阵地射击，有时候将大炮拖回掩体，在工事里向外射击。后一种方式，炮手们非常遭罪。工事即坑道，空间狭小。炮一响，巨大的轰鸣声扩散不出去，在坑道内回荡，人耳膜的压力剧增。教官告诉过她们，在工事里射击，击发时要张开嘴，平衡耳膜内外的气压，不然有可能震破耳膜。

这个要领，魏淑娟是知道的，但因为那天有首长观摩，紧张、激动的情绪使她在击发时忘了张嘴。

耳朵就被震坏了。

接下来再击发时，她适时地张开嘴，但耳聋已无法挽回。耳朵一直嗡嗡响着，闷得不行。什么都听不见，但不影响眼睛瞄准。魏淑娟坚持射击完毕，并且打出了好成绩，没有因为耳聋影响命中率。

射击表演结束后，首长和魏淑娟握手，对女炮班实弹射击取得优异成绩表示了祝贺。

首长说了很多赞扬和鼓励的话，可是魏淑娟一句也没听清，只是通过口型和表情，大体知道首长说的是什么。她茫然地点头答应，嘴里说着感谢的话，心里却十分痛苦，也非常害怕。

耳朵聋了，正规的说法是"失聪"。从炮击结束，到回到家里，四十多分钟听不到任何声音。这是多么可怕的事情！自己不到二十岁，还没结婚呢，就成了聋子，这辈子完了……

魏淑娟哭着回家，见到母亲，说打炮的时候耳朵震聋了，这回高低不干了。

母亲愣住。母亲知道在坑道里打炮，炮声的威力有多大。母亲和她对话，发现女儿果然没有听力了，像个呆子一样。母亲也呆了。如果耳朵真聋了，听不到班长的指令，肯定不能在女炮班干了——耳聪目明是对炮兵的基本要求。

杨金荣继续和魏淑娟对话，声音颤抖着。女儿耳朵聋了，不仅不能在女炮班干，对这一生都有巨大影响。这可怎么办？

过了好久，魏淑娟不哭了，因为右耳能听见声音了。瞄准发射时，右耳遮在大炮挡板里面，震得轻；左耳露在挡板外面，震得重，所以右耳恢复了听力。直到今天，魏淑娟接打电话什么的，依然要用右耳——左耳不好使。

女儿右耳有听力了，杨金荣放下了一半心，但另一半还悬着。因为魏淑娟态度非常坚定，不干了！

杨金荣心里琢磨，女儿耳朵出了问题，退出女炮班理由充分。可是，真的不能干了吗？只要能听到指挥员的口令，就不影响正常打炮。参加过女炮班的人，有几个听力是正常的？杨金荣本人的听力就有障碍，据她所知，第一代女炮班的张淑英、王淑琴，耳朵都有问题，也没有谁说不干就不干啊。

杨金荣对魏淑娟说："你要是实在干不了，我不勉强你。可你现在有一个耳朵好使，就能打炮。我在炮班的时候，有四个孩子，孩子还经常闹病，我都能克服困难，在炮班坚持了七八年，你一个闺女家，没牵没挂的，就因为耳朵出了点儿毛病，就不干了？没有出息！"

杨金荣还说："咱是海岛女民兵，应该好好练武，保家卫国。女炮班也是一代一代往下传，你们是第五代了，你们得给女炮班争光，可不能给女炮班丢脸，遇到点儿困难就打退堂鼓。"

魏淑娟让母亲说得转变了态度。而且虽然左耳嗡嗡响，闷得难受，但右耳听力正常了。想想母亲在炮班时，正是国内和国际局势都非常紧张的时候，她们每天晚上站岗，白天不是训练，就是在生产队干活，孩子多，家务重，相当不容易。魏淑娟非常佩服母亲她们那一代。没错，她所面临的这点儿困难，还真就不算什么。

四

那一年，"三八女炮班"到金县（今大连市金州区）龙王庙参加全市军民炮兵比武大赛，比赛总共二十六个项目，有投弹、步枪射击、拼刺刀等，火炮实弹射击是"重头戏"。附近有上万人前去观看，练兵场人山人海。

魏淑娟不担心人们围观，在意的是射击成绩。她们打过无数次实弹，成吨的炮弹射向距张家楼海岸三千米远的眼子山。她们伴随震天巨响和膨胀的炮火成长壮大，打固定目标、移动目标，海上炮艇拖靶也打过很多次，从未失手过。为首长做射击表演，也是每次都成绩优异。现在是客场比赛，又在众目睽睽之下。作为炮班灵魂的瞄准手，魏淑娟深感责任重大。

按照指令，女民兵们快速完成开闩、装弹、瞄准、发射……"轰！——"第一炮打响，火光冲天，山崩地裂，暴起的烟尘迷得人睁不开眼。她们射击的目标是几千米外的坦克模型。炮弹落地，爆炸起火，"坦克"碎片飞溅。

这时，广播员高声喊："首发命中！"

掌声和欢呼声响起——从观礼台上，从还没跑远的群众队伍里。

魏淑娟心里一块石头落地。

这次射击比赛，她们三发三中，延续了女炮班的辉煌。

魏淑娟别提有多高兴了。

五

1981年第六代女炮班组建时，魏淑娟22岁，正是大好年华，应该在女炮班干下去。但那时她已经找了婆家，婆家催着她结婚。

她觉得自己年龄还小，而且哥哥那年要结婚，嫂子家要求在圈里盖婚房，嫌张家楼太偏僻了。盖房子是大工程。哥哥的房址在公社冷库上面。魏淑娟有很长一段时间都在帮哥哥挖房基，干杂活。在女炮班代际交替时，魏淑娟非常不舍地结束了三年多的火炮训练生涯。

生产队解体之前，魏淑娟负责喂养母猪。那年喂的五头母猪下了五窝小崽，每窝小崽数量也多。她因此受到大队书记表扬，说她喂猪喂得好，下了这么多小崽，岭后大队还从没有过这样的事。魏淑娟也因此获得很高的报酬。以前在养殖场或生产队，年收入顶多二百二十块钱，喂猪那年拿到五百五十元，翻了一番还多，她非常高兴。

生产队解体之后，结了婚的魏淑娟忙起了家务。曾经朝夕相处的女炮班的姐妹们也难得见面了，她非常想念她们，尤其怀念已经去世的战友。

魏淑娟当瞄准手时，班长是堂姑魏传娥。因为忙女炮班的工作，魏传娥二十五六岁才结婚。魏传娥嫁到了锦州，后来回过海洋岛，她们见过面，回忆起在女炮班时的情形，都感慨万分。再后来，听说魏传娥去世了，魏淑娟非常震惊，也非常怀念。

魏传娥的妹妹魏淑珍，也是第五代女炮班成员，从辈份论，魏淑娟叫她小姑。"魏淑珍"中间的字应该是"传"，当时岛上妇女没有文化，给女孩子起名比较随意，因为原来的名字和别人重名了，就起了这么个看上去和魏淑娟是同辈的名字。魏淑娟和本家小姑魏淑珍一起长大，一起参加女炮班。魏淑珍二十一岁那年突然胃出血，部队用炮艇送她去大连治疗，结果没赶趟儿，年纪轻轻就去世了。魏淑娟提起小姑就唏嘘不已。

第三代女炮班瞄准手魏传清，是女炮班第六任班长魏冬梅的姐姐，魏淑娟称她为姑。魏传清性格特别开朗，瞄准打炮是高手，嗓音特别清亮婉转，多才多艺，能自编曲艺和表演节目。令人非常惋惜的是，魏传清六十岁时因病去世。

想起这些，魏淑娟就非常难过。

还有一个人，是魏淑娟当瞄准手时，手把手教她的教官杨传荣班长。因为那时已经不设哨长，班长就是哨所最大的"官"。杨班长非常有才华，不仅教她们打炮有一套，口才也很了得。上级领导来检查工作，杨传荣讲哨所历史，讲哨所和张家楼群众的关系，讲得十分精彩，魏淑娟都听得入了迷。杨传荣后来调到福建某广播电台当记者，有了充分发挥才华的舞台，魏淑娟很替他高兴。再后来，听说杨传荣因车祸去世了，魏淑娟无比震惊。

离开女炮班四十多年，风风雨雨，生活有打击，也有赠予。花甲之年依然忙忙碌碌，魏淑娟觉得清贫的生活更有滋有味。2023 年，海洋岛"三八女炮班"被评为"全国三八红旗集体"和辽宁"时代楷模"，电视台录制视频时邀请魏淑娟说几句话。魏淑娟面对镜头，描述了小时候母亲训练，她和哥哥等小孩在

"阵地临时托儿所"的情景，讲述了打炮时遇到困难（耳朵震聋）想打退堂鼓被母亲批评的事……女炮班薪火相传，包括母传女、姐传妹、嫂传姑，魏淑娟是得到了母亲的真传。

她怀念逝去的战友，思念曾经为第二故乡奉献青春的老兵。回忆起张家楼群众和哨所亲如一家的往事，她不禁热泪盈眶。

六

魏淑娟很小的时候，赶上国家经济困难，哨所的粮食也不够吃。魏淑娟在炮阵地上饿哭了，五六个战士吃饭时就一人搛两筷子，凑成一碗，喂她。有了吃的，魏淑娟因挨饿掉光了的头发又长了起来。

魏淑娟感恩哨所给了她第二次生命。

魏淑娟六岁那年，母亲杨金荣得了胆道蛔虫病，疼了好几天，遭了很多罪。哨所领导知道了，赶紧让战士们用抬筐抬着母亲，翻过海拔近三百米的青龙山北段，到圈里的陆军医院治疗。魏淑娟还以为再也见不到母亲了，在家里哭天喊地。母亲住半个月院，痊愈回来了，魏淑娟别提多高兴了。

魏淑娟的大娘，也就是"三八女炮班"第四任班长魏淑燕的母亲徐福玲，得了相当严重的阑尾炎，用筐抬不行，蜷得受不了，哨所战士就把门板放平了抬。到陆军医院手术三个多小时，当时阑尾已经化脓，大夫说再晚送两个小时，人就完了。

魏淑娟依然记得，她十多岁时得了很重的鼻炎，鼻子经常不透气，闷得难受，是哨长陆长春领着她，爬了一个多小时的大山，到陆军医院手术治疗。陆哨长还告诉护士，好好照顾魏淑娟。

张家楼群众感谢哨所，感谢历任哨长和每一名战士。虽然哨所因战备形势变化，在 20 世纪八十年代中期撤销了，只存在了二十多年，但每一个张家楼人，都对哨所感激不尽，对那段岁月无比留恋。

生产队解体之后，张家楼的八户居民也陆续搬到圈内的太平湾沿岸定居。无论走到哪里，他们都始终不忘，在他们困难的时候，是哨所官兵向他们伸出了援手，帮他们发展生产，帮他们改善生活，并多次挽救患者的生命。

2017 年夏天，老哨长们回来了，曾经的张家楼人是多么高兴。魏淑娟记得，一年前老哨长吴恩军来信了，信是小妹拿回家的。父亲魏传祥听说是吴恩军的信，赶紧让小妹念。他们这才知道，吴恩军和几个战友已经到了大连，因为天气原因不通船，他们又回去了。吴恩军在信里表达了对第二故乡深深的思念之情。魏传祥和杨金荣老两口听了，就像见到了亲人的面，都激动得泪流满面，泣不成声。八十六七岁的魏传祥立即拿起电话，按照信上留下的号码，给吴恩军打了过去，带着哭腔说，吴哨长，这么多年了，我们也想你啊！把他们几个都找到，来海洋岛聚一聚啊！

在盼望老哨长们来岛的那些天，魏淑娟格外兴奋，也格外焦急。那几年，她在市场卖鱼卖菜，经常看到一些老兵上岛，到他们曾经驻守的地方看看，也受到了第二故乡群众的欢迎。魏淑娟就打听，有没有曾经在张家楼哨所当过兵的？她怕老兵们回来，不知道昔日的邻居们都搬到了哪里，找不到他们。如果是曾经在哨所服过役的，不管是哨长、班长，还是战士，她差不多都能认出来。

可是，每一次都令她失望。

魏淑娟理解父亲母亲对哨所官兵的思念之情，她何尝不思念？但是，官兵们退役之后大多回到原籍，这天南海北的，又过去了这么多年，找谁能打听到联系方式？父亲眼看九十高龄了，有生之年，能见到日思夜想的亲人们吗？

所以吴恩军的来信，像一场及时雨，不仅魏传祥和杨金荣老两口激动万分，在整个从张家楼走出来的魏姓家族中，同样引起了巨大轰动。魏淑娟大伯魏传海的二儿子魏家全和四儿子魏家强，更是提前做好了充分欢迎的准备。

2017年夏天，吴恩军联系了多位哨长上岛"探亲"。他们原打算自费，但第二故乡的亲人怎么可能答应？酒店、宾馆、车辆……魏家全和魏家强把老哨长们的吃住行全包了。住，是海洋岛最好的宾馆；吃，是海洋岛最珍贵的特产海参、鲍鱼、海螺、海胆、扇贝、大虾……老哨长们的出行，魏淑娟他们更是全程陪同。那些留下老兵青春岁月、见证老兵们为海洋岛无私奉献的地方，有幸作为拍摄背景；曾经的和变化了的第二故乡，将成为他们永恒的记忆。

第一批上岛的老兵包括吴恩军在内有四位哨长，另三位是曾昌余、李信安、臧洪大。魏淑娟提前准备了二百个鸭蛋，分成四份，还给每人买了一顶草帽。魏淑娟家的经济条件不太好，但也要表达心意，想请老哨长们吃一顿，只是"排不上号"。魏淑娟找魏家全和魏家强商量，怎么也得给个机会。魏家强说，要不你们给安排个早餐吧。魏淑娟很高兴，组织姊妹三个在母亲家请老哨长们吃特色早餐。地瓜、海鸭蛋、鸡蛋、饼子、苞米粥、干鱼、各种小咸菜……老哨长们吃得非常高兴。

随后，又有黄殿仁、陆长春、郑长青三位哨长上岛。那年，先后有七位老哨长上岛"探亲"，了却了他们思念第二故乡的心愿。几十年的军民鱼水深情，因为这次相聚而更加浓烈。

第一任哨长曾昌余回家后，邮寄来三个大包裹，每个包裹里都有四川当地丝绸厂生产的上等丝棉被和被套、床单等用品，给魏淑娟的父母和魏家全、魏家强各一份。

第七任哨长吴恩军回本溪后，找到在张家楼哨所时期的一些照片，洗了很多套，邮寄到海洋岛，原张家楼的老邻居每家一套。魏淑娟的母亲杨金荣非常感激，没想到过去快五十年了，还能看到当年的影像。母亲让魏淑娟晒些鱼干邮过去。吴恩军过意不去，又买了当地最好的蘑菇邮过来。

后来，居住在大连的老哨长陆长春等，又携全家来海洋岛。

令人惋惜的是，魏淑娟当女炮班瞄准手时的哨所班长杨传荣已经去世，不能回到第二故乡"探亲"了。

2023 年 3 月在大连，魏淑娟与老哨长吴恩军（前左一）、李信安（前右二）、陆长春（前右一）、郑长青（后右二）及其他老兵们合影

七

魏淑娟的父亲魏传祥于 2020 年去世，享年九十岁。

生产队解体之前，魏淑娟的父亲是张家楼生产队长，一生光明磊落。母亲杨金荣心地也善良，思想觉悟很高，参加女炮班训练，没有一分钱报酬，但受到首长表扬和上级肯定，就心满意足了。父母的这些品质，都对魏淑娟的人生有着极大影响。母亲二十四岁参加女炮班，如今八十七岁，气管一直不好，经常需要吸氧，但记忆力好得惊人，面对一拨又一拨采访者，母亲的讲述滔滔不绝，铿锵有力，中气十足，常常语惊四座。

魏淑娟姊妹五个都住在西帮村魏家沟屯，魏淑娟住在坂上，地势比较高，母亲不愿意住她家，说怕蛇。母亲天不怕地不怕，操作大炮眼都不眨，却怕蛇。魏淑娟说，菜地里才有蛇，家里没有，门窗都严实，不用怕。

魏淑娟丈夫出海钓鱼，她得帮着倒线，还养羊养猪，有时还骑三轮车到市场卖菜，很忙，只有让母亲住到自己家里来，她才有时间照顾。

时光的河流奔腾不息，转眼一个甲子过去。六十四岁的魏淑娟与八十七岁的母亲杨金荣相对而坐。这是女炮班第五代炮手与第一代炮手的心灵对接。在女炮班历史上，杨金荣与魏淑娟是"母传女"佳话的典型样本，红色基因的传承，也从她们身上得到体现。

魏淑娟的垂钓之乐

把母亲接到家里，魏淑娟从心里高兴。晚上，母亲和远在大连的老哨长陆长春视频聊天，母亲问候对方时声若洪钟，笑声朗朗。魏淑娟心神一阵恍惚，感觉母亲还很年轻，还充满活力，就像当年奔跑在炮阵地上……

魏淑娟在青龙山上

朱金红

　　朱金红，1969 年 4 月出生，第七代"三八女炮班"三炮手，因身体好，有力气，负责开大架，搬炮弹，也练过开炮闩和装填炮弹。

朱金红

一

朱金红家住岭后大队南砟石屯。那是海洋岛东岸的一个自然屯。从南砟石沿着弯曲的海岸一路往北,是北砟石、张家楼、川蹄沟、苇子沟。朱金红家离部队近,从小看着部队出操,听着部队喊口号,她感觉当兵真好,也非常渴望有一天,能当上一名女兵,在军营里锻炼成长。

朱金红家兄弟姐妹有七个,她是老小,上有四个哥,两个姐。一个家庭有这么多孩子,在那个年代很正常,但这么一大家子人要穿衣服,这么多张嘴等着吃饭,生活压力之大不难想象。压力自然都落在父母身上。

朱金红上小学时,学校就设在南砟石,称"砟石小学",离她家近,后来到盐场上初中,每天翻山越岭,道路难走。这时候哥哥姐姐们都干活挣钱了,朱金红也想早点儿干活减轻父母的负担。没有了读书的兴趣,她初中没毕业就辍学了,到设在北坨子的养殖场上班。

1986 年 1 月,第七代"三八女炮班"在养殖场组建,不到十七周岁的朱金红被选进女炮班,她感觉可荣幸了,虽说是民兵,也算和"兵"沾边儿了。

女炮班的姐妹们边干活边训练,非常辛苦,但苦中有乐。她们每天早晨和战士一样训练队列和跑步,在八五炮连教官指导下,练习拉炮架、搬炮弹、瞄准、射击。还训练轻武器射击,机枪、手枪、步枪、冲锋枪，她们都打过。不出海作业，也不训练的时候，她们还打过排球。女炮班的姐妹们相处得非常好，都实实在在，只为集体着想，不考虑个人得失。女炮班还多次邀请第一代炮长王淑琴指导她们训练，给她们讲女炮班的光荣传统。朱金红对女炮班的诞生和发展有了更多了解，也暗下决心，要像老一辈那样，做一名优秀的女炮手。

有一次女炮班集体到大连军分区开会。那时就听说要给女炮班争取一个当兵的名额，也有首长问过朱金红想不想当兵。朱金红做梦都想呢！可是听说她已经有对象了，首长就摇了摇头。也可能当时给女炮班入伍的名额并未确定，她们那一代谁都没有去成，倒是下一代女炮班的王丽（莉）穿上军装走进军营，成为女炮班历史上唯一不带"民"字的女兵。

二

那年冬季的一个下雪天，有记者来海洋岛采访"三八女炮班"。在养殖场陆地干活的女炮班民兵们正在炮阵地进行操炮演练。在呼气都冒白烟的寒冷天气里，她们不惧严寒，冒着风雪快速抵达炮位，随着口令，环环相扣、干净利落地完成各项操作，显示了女炮班过硬的军事素质。现场的领导和记者都赞不绝口。朱金红更是非常开心。

训练结束，她们乘坐军车离开炮阵地。山路本来就陡，降雪使路面湿滑，车往山上开时很不顺利，车身晃得厉害，还不时向路边滑去。朱金红看见身材娇小的王芳手扶右侧的车帮，身体随着车的颠簸一晃一晃，几次扑到车帮上，又反弹回来。朱金红怕王芳被甩出车外，或者被路边的树枝刮伤，就把王芳推到车里面，让她扶住车厢前面的挡板。而朱金红站到车边，手牢牢把住车帮，无论车怎么晃动，她都能基本稳住，只是被颠簸得难受。

　　卡车吃力地爬坡。在一处陡峭路段，车用尽全力，爬到半途，但车身一抖，又往下滑。在这个过程中车身向右偏去，而山路右侧恰好矗立着粗壮的树干。眨眼之间，车厢的右侧栏板与树干撞上了。朱金红怎么可能预测到这个情况？她当时的念头就是要扶稳车厢挡板，别被甩出去。在撞击发生的瞬间，朱金红右手没来得及缩回，硬生生被车厢板和树干挤压。一阵钻心的疼痛来袭，她不由自主地"啊"了一声，但声音被卡车的轰鸣淹没。

　　车厢板与树干很快分开。朱金红抬起手，去扒拉因疼痛冒汗而沾到脑门的"刘海"。手抬起来，她眼睛一瞄，才发现不得了，右手的食指皮开肉绽，露出了白森森的骨头，她吓得大声喊："哎呀我的手指断了……"

　　车上的记者和乡武装部长见此情景，都大惊失色。不知谁朝朱金红喊了一声："快蹲下！"

　　朱金红强忍剧痛，左手扼住右腕，鲜血还是止不住地流。

车立即开到附近的海军医院，军医仔细检查，发现手指是从近节指骨和中节指骨之间的关节处挤断，已经错位，接不上了，要锯掉两节。

这时候朱金红的母亲也赶来了。见状，她心疼地说："能不能不截？这么大个姑娘，缺了一根手指头，太难看了。接上，哪怕不好使，也能好看点儿。"

海军医院大夫说，找艇吧，赶紧往大连送。

为了保住她右手的食指，领导们连夜联系部队炮艇，航行七八个小时，把她送到大连的一家大医院做手术。朱金红治疗期间，乡领导到医院看望，给以安慰鼓励，说她这是为国防建设做出的牺牲。朱金红非常感动。因为这根手指，惊动了不少领导，部队还专门出动炮艇，朱金红怎么能不感动？

十指连心，朱金红手术之后，手指也还是疼痛难忍。手指是接上了，但明显短了一截，短了近两厘米，指尖与小拇指持平，并且手指向内弯曲，再也伸不直了。

三

朱金红伤愈后，仍然一边在养殖场上班，一边参加女炮班训练。1991 年 6 月第八代女炮班组建时，不再依托养殖场，朱金红也转入织网厂工作。织网厂有民兵连，经常组织民兵去部队训练。朱金红作为女炮班曾经的一员，军事素质非常过硬，训练各种武器都没有问题。但右手食指长度缩短，关节凸起，功能全无，因为少了食指的配合，干什么都受影响，尤其是手工活，影响很大。冬天，那根伤指格外怕冷，室外的什么活都干不了，朱金红感觉人生有些暗淡。尤其是年龄大了，这种感觉更加强烈。没有正儿八经的工作，生活来源也成问题。难道因为手伤，就坐在家里吃闲饭？

朱金红有些郁闷，郁闷又得不到排解。

女儿在县城的移动公司工作。有一天女儿和朋友聊天，问现在干什么活挣钱能多点儿？朋友说当月嫂收入挺可观。女儿说月嫂辛苦，朋友说挣钱哪有不辛苦的？

朱金红听说了，很高兴，说辛苦咱不怕，多挣钱就行！女儿说，当月嫂得有育婴知识。朱金红说，咱去学嘛。就在网上查，比较着看哪个家政公司名声好，人气旺。

朱金红和大长山岛的一个姐妹结伴参加学习后，就在大连当月嫂，已经干了十几年。

朱金红始终保持乐观开朗的心态，任何困难和挫折都难不倒她，女炮班的经历是她一生的财富。每当说起当年训练、打炮的情景，五十多岁的朱金红就眉开眼笑，激动不已。

右手的食指是疼痛，也是纪念，朱金红也从来没有后悔过。女炮班的旗帜上有她贡献的颜色，她知足了。

在女炮班时期与朋友合影。左为朱金红。

张军华

张军华，1975年7月出生，大专学历，第十代"三八女炮班"五炮手，训练过抱弹、拆除引信、向炮膛装弹等科目，参加过实弹射击演习。现在长海县融媒体中心工作。

张军华

一

张军华出生时，家住海洋岛岭前村马蹄沟屯。

小时候家境一般，她和妈妈相依为命。爸爸在某部队当兵，服役期间连队被抽调到岫岩县支农，之后随部队调回，转业后在县里工作。因为张军华的叔叔大学毕业后留在城里，海洋岛这边又有老人需要照顾，所以张军华六岁那年，爸爸调回海洋岛，在海洋中心卫生院任防疫站站长。由于家离工作单位太远，山路也不好走，爸爸就在卫生院吃住，每周六回一趟马蹄沟的家里。直到张军华八岁上小学时，他们家在西帮村西沟屯的房子盖好了，他们搬了过去，一家人才正式团聚。

张军华出生时，母亲不知道给她取个什么名字好。因家族长辈当兵的比较多，所以她的名字里要有个"军"字，而"华"是有美好寓意的。张军华由此得名。

黄海前哨海洋岛，犹如世外桃源般美丽，常年驻扎部队。军民联防，同守共建，民兵也是重要的国防力量。张军华的妈妈周淑芬当时是生产队长，还是大队民兵连的排长，天天背着枪带着民兵和战士一样训练站岗。周淑芬曾代表海洋乡参加长海县民兵军事比赛，获得投弹比赛全县第一名，受到要塞区司令员接见；后来又被选中代表长海县参加沈阳军区投弹比赛。但是因为张军华太小，家里还有老人需要照顾，周淑芬就没有去成。

周淑芬非常辛苦。上有年迈的老人，下有年幼的张军华，全靠她一个人支撑。在这样的家庭环境里成长，张军华小时候就非常懂事，骨子里有一种自律和要强的劲儿。听着老辈人讲军民一家亲和"三八女炮班"的故事，张军华幼小的心灵里有了朦胧的向往。因为生活在军人之家，又看惯了军人训练，听惯了军号声，张军华越来越羡慕绿军装，渴望自己也能穿上绿军装，实现当兵的理想。

张军华小学和初中在海洋岛就读，初中毕业后考学护士专业，中途改学财会专业，毕业后被海洋中心卫生院录用。当时因等另一位同事一起办理入职手续，张军华想在家里暂待一段时间，可是父母不同意，说这么大个姑娘，得找个活先干着，锻炼自己，也挣几个零花钱。1995年初，不满二十周岁的张军华就到了海洋水产集团公司育苗室（也称"育苗场"）饵料室工作。

育苗室设饵料室、培育间和海上作业班，饵料室是扇贝育苗的核心，为贝苗提供无害饵料。张军华每天早晨把装满海水的过滤容器放在电炉盘上加热消毒，冷却后进行营养盐配置，并把之前配置好已装瓶的饵料换瓶摇匀，倒下来的空瓶用稀硫酸或稀盐酸浸泡洗刷，再用凉开水冲净，用高温消毒的封口纸封瓶备用。瓶装饵料培养成功后倒入饵料池进行后期培养，早晚两次搅匀，再提供给培育间……整个流程要注意卫生，要耐心细致，要保护瓶瓶罐罐不被碰着，还要戴着胶皮手套，拿着刷子跳入倒出的空池，擦净池底和四壁，再喷洒消毒液。晚上还需要加班，非常辛苦。

在饵料室没干多久，就赶上乡里在育苗室组建新一代女炮班，要挑选五位年轻姑娘，张军华很荣幸，成为第十代"三八女炮班"成员。

二

女炮班一边工作一边艰苦训练。那是一段苦中有乐、乐中有泪的难忘时光。

女炮班被安排在八五炮连训练。张军华因为身型娇小，身单力弱，搬不动炮架，就做了五炮手。

可别小看这个五炮手。八五加农炮操作起来危险费力，五炮手的工作危险系数极高，要训练抱弹、拆除引信、炮膛推弹及炮弹出膛报数，稍有不慎就会有危险，人命关天啊。

这么艰巨的任务落在张军华身上，她对自己的能力产生了怀疑：连抱起五六十斤重的炮弹都费劲儿，还要拆除引信、推弹进膛，我能行吗？

育苗室的工作再累，自己也能胜任。可操练大炮……

张军华兀自摇头，想打退堂鼓。

转念一想，哪代女炮班不是这样过来的？别人能做到的，我就做不到？张军华看着正在阵地训练的士兵，想想爸爸穿军装时帅气的样子，自己如今也是一个"兵"，一名炮手，怎么能遇到困难就退缩呢？

她想起那句话：世上无难事，只怕有心人。

张军华看看四个姐妹，大家都很担心和害怕，都显得手足无措。班长朱铁玲年龄最小，只有十八周岁，看上去也是心里没底的样子。大家以前没有接触过八五加农炮，甚至都没见过这样的庞然大物，感觉陌生和畏惧并不奇怪。万事开头难嘛。

乡政府相关领导、乡武装部长、八五炮连领导给女炮班成员开会，研究训练事宜，为大家加油鼓劲儿。张军华和姐妹们一样，心底升起从未有过的自信：前九代女炮班都操作这种大炮，都打出了优异成绩，我们差在哪儿？

训练场上，爱红装更爱武装的姑娘们一身迷彩服，成了"五朵军花"。操作大炮之前，先做常规训练，从严明纪律抓起。每天早晨，张军华她们五人很早就来到连队，和战士一起出操跑步，一起训练站姿队列，一起匍匐前进，摸爬滚打。烈日当空，大家大汗淋漓，站得腰酸背痛，双腿发软，口干舌燥，眼冒金星。训练，训练，还是训练，一丝不苟的教官并不会轻易"放过"她们。

几天下来，姑娘们原本细腻白嫩的小脸儿成了"全麦粉"，黢黑锃亮。大家互相看看，会心一笑。连队的小战士们曾是女民兵们的标兵和榜样，现在女民兵们的训练成绩已经不比他们差了。谁说女子不如男？只要坚持，只要不肯服输，只要硬撑下去，就一定能百炼成钢。

　　女炮班姐妹们的基础训练成绩斐然，受到连队领导的好评，也赢得了战士们的热烈掌声。

　　开始训练操作大炮时，大家又发愁了。

　　操场上一门门大炮整齐排列，战士们熟练地操控着。班长朱铁玲带领女炮班的姐妹们在旁边观看，一个个看得眼花缭乱，脸色又阴沉起来。

　　"别总是耷拉个脸，我们这些小伙子最爱看你们笑了。"

　　连长真幽默，这么一说，场上所有军人都笑了。

　　张军华她们也被逗笑了。

　　最难最累最苦的日子也正式拉开了序幕。

波峰浪谷练射击。左船左二为张军华在持枪瞄准。

三

连队为女炮班提供了炮兵方面的书籍资料。业余时间和下雨天，张军华她们就在室内"啃"艰深的炮兵理论知识。连队又挑选了几个技术过硬的战士给她们做教官。掌握了一些操炮基础知识后，女炮班开始上炮实操。

班长朱铁玲是一炮手，她小小年纪觉悟高、格局大、意志坚，在育苗场工作认真肯干，训练操炮也主动冲在前面，给张军华树立了榜样。张军华和另两个姐妹家住西帮村西沟屯，走到军营不用半个小时。而朱铁玲和二炮手李霞住在海洋岛东海岸的南砟石屯，翻山越岭一个多小时才能到达军营，却从来不迟到。

天气越来越热。为了减少日晒，大家决定每天早来晚走，利用早晨和傍晚的清凉时间加大力度训练。

火炮实操，首先从掌握要领和操作技术开始练起。张军华是五炮手，也是操作中危险系数最高的炮手。检查炮膛，接弹，拉闩，装填炮弹，推弹进膛，报告标尺数……每个环节都不能忽视，稍有差池就可能送命。

抱炮弹很不容易。张军华体重不过百斤，炮弹的重量超过她体重的一半。第一次抱起长溜溜的炮弹，张军华如同搬起一块巨石，几乎使出了全身的力气，累得心脏扑通扑通直跳。这哪能行？还得增强体力！张军华要对自己狠点儿，给自己下了"最后通牒"：半个月，就半个月，必须能轻松搬动炮弹，必须熟练掌握大炮各个操作环节，必须做到协同其他炮手完成操炮。

先提升体力臂力。搬不动炮弹一切都是零，拉不动炮闩，炮弹就进不了炮膛，体力不达标，还当什么炮兵？

沙袋是个好东西，张军华出操时捆在腿上，训练时绑在胳膊上。为更快地增加臂力，张军华在训练间休时去练习单杠。她想方设法，一刻不停，多出力，多流汗，体能一点点提升上来了。

训练枯燥单调而艰辛。每天要检查炮膛是否干净，要抱弹拉闩、装填炮弹、推膛报数……喊着口令，蹲下去，站起来，一遍遍重复着，一天下来要练习几百次。很快，张军华手脚肿了，手掌心磨出一个个大水泡，吃饭时都拿不住筷子。好不容易拿住了筷子，却夹不住菜。腰背上也贴满了膏药。一活动，全身疼。

这时候她就想，在育苗室上班，多幸福啊！

看着张军华疲惫不堪的样子，教官几乎天天追着她问："怎么样？还能坚持吗？"

张军华说："还行，没事儿。"

她怎么可能服输？有泪往心里流，千万不能从脸上流下来。

半个月的时间转眼过去了。

有一天，连长突然问了一句："小不点儿，你练得咋样啦？"

张军华一怔："连长，你问我呀？'小不点儿'随时接受领导和战友们的考核！"

"回答得挺爽快嘛！"连长说，"那就展示一下呗！"

"好嘞！"

张军华声音洪亮地答应着，心里还是不免发慌。可千万别出丑啊！

要展示，就要尽善尽美。张军华那股与生俱来的倔强劲儿上来了。她顺利地配合姐妹们完成了高难度的操炮表演。训练场上顿时响起一阵热烈的掌声。

"连长！我及格了没有？"张军华喘息着问。

还需要回答吗？看连长那高兴劲儿，张军华就知道了答案。

军报记者采访女炮班时下海游泳。船上手扶船帮者为张军华。

四

很快就到了六月。

一天，班长通知女炮班成员开会，传达场里的意见．也可以说是场里的指示，让她们终止训练，回场里干活。

大家都是一愣。

育苗室习惯上称育苗场。每年的六七月份是育苗大忙季节。饵料室共八个人，抽到女炮班的就有三人，剩下五人白天干活，晚上还要值夜班；朱铁玲和李霞在培育间工作，是生产和技术骨干，也要值夜班。

场里有场里的难处。

但是对于女炮班训练这事，乡政府不同意终止，场里不同意继续，五个女民兵夹在中间，心情很沉重。这才训练了没几个月，刚见到成效，就这样结束了？这些日子白练了？难道第十代女炮班就是个虚名？

大家心有不甘，但她们毕竟是育苗场的人，本职工作不能扔。乡政府经与育苗场和连队领导商量，征得女炮班成员同意后，决定训练和生产兼顾。

只是这样一来，五个人就更苦更累了。

更苦更累，但是谁也没有抱怨。她们每天安排一人回场里干活，其他人继续训练，缺位由战士暂替。女炮班余下的四人，每天还要抽出一人下午四点半回场里值夜班。无论如何，也要把育苗大忙季节撑过去。

轮到张军华回场里时，她带着手脚的伤痕和一身膏药味儿，主动要求出海。此时饵料室留两人照看，其余人加入海上分苗队伍，早晨五点起床，五点半开饭，六点坐船出海干活，午饭在海边吃。赶上风浪天气，很多人晕船，吐完了爬起来继续干。有一天张军华正在海上作业，突然起了风浪，她晕得趴在船帮上呕吐，稍微强点儿就爬起来再干。反复折腾，苦胆都呕破了。上岸后走到食堂门口，远远看见爸爸和同事在场长陪同下检查场里卫生防疫情况。她顿时委屈得眼泪夺眶而出。

可一想到训练的艰辛和浑身的伤痛，张军华就觉得，晕船也没有什么。

训练、工作、加班，女炮班忙得团团转。她们在训练场累个半死，回育苗场晕个半死，铁打的人也受不了如此折腾，但姐妹们必须坚持。几天时间下来，一个个变得更加苗条了，也更加疲惫不堪，坐在哪里都能睡着。

本来就瘦小的张军华，更成了"小不点儿"。

五

六月末的一天，连长对女炮班的人说："你们来任务了。"

原来是"八一"将近，驻军要举行阅兵式，要求女炮班也参加，项目是操炮和跳车表演。女炮班的五个人又全部从育苗场抽出，再次投入紧张的训练，迎接"八一"阅兵式的到来。

阅兵时，她们要在守备团所有官兵面前亮相，而且绝不能出丑，所以要加紧练习，提升协调和熟练程度及互相配合默契度。最让人发愁的是又称"飞车"的跳车。别说她们，就连后几代女炮班，也在练习"飞车"时，对这个高难度动作望而生畏。

还有一个月就到"八一"了，时间紧，任务重。大家上午练习操炮，下午练习跳车。军车的车帮很高，在车行进过程中从车上"飞"下来，一旦头冲下落地，那后果……

想都不敢想。

教官先做示范，耐心讲解跳车的动作要领和注意事项。左手把住车厢栏板上端，右手用力紧握车厢栏板背面顶端，两腿站直，前胸半贴在车栏板上，身体重心集中在前胸以减轻双腿受力，抬腿时能轻快，右腿抬起跨栏时左腿紧跟，速度越快，成功的几率越大。

班长朱铁玲天生灵巧，动作敏捷，李霞力气大，胆子也大，四炮手刘海芳个头高，最适合跳车了。五人中张军华是"小不点儿"，胆子也小，不符合跳车条件。比量一下，车厢栏板拦在她腰上面，朝车下望，仿佛万丈深渊。

张军华害怕，其他人也好不到哪去。

见大家都有畏难情绪，班长朱铁玲率先带头，说："我先来！"她让教官又示范了一遍。大家看看教官，又看看铁玲，看她脸涨红了，内心肯定很胆怯。大家屏住呼吸，看着铁玲飞身翻越车帮。只听扑通一声，大家朝车下一看，铁玲跳下去了，动作不太规范，但总算成功了！

紧接着，李霞和海芳也战战兢兢地跳了下去。张军华和三炮手张建丽试了试，就是不敢跳。

教官看这情况，很无奈，说："今天就这样吧！"又对张军华和张建丽说："你俩今晚提提胆量，明天跳。"

张军华如获大赦，心想今天总算躲过去了。真希望天慢点儿亮，别过明天了。

没想到，在教官已经"大赦"的情况下，不甘示弱的张建丽鼓起了勇气，大叫一声："我跳了！"

张建丽跳下去了。然后是一蹦一跳，表情也很痛苦，看样子是崴脚了。

教官一脸无奈："这，这，这……没事吧？"

已经跳下去四个人了，车厢里还站着张军华这个"小不点儿"。

张军华又急又气。急的是别人都跳下去了，就剩自己还在车上转磨磨；气的是，自己怎么胆子这么小呢？也不是不想跳，就是不敢啊！

眼下，连个作伴儿的都没有，她不能不跳，不能因为自己一个人，影响集体的训练进度。这样不仅会让大家看不起，自己也会看不起自己。

她心里一团无名火在燃烧。

她想哭。如果哭能代替跳，她就放声大哭一场。

所有人都在看着张军华。

"没事儿，不用怕！"

"别紧张，勇敢点儿！"

"我们在下边保护你……"

姐妹们的鼓励，给了张军华莫大的勇气。在一片嘈杂声和焦急的等待中，张军华抬起腿，一跃而起，纵身跳下！

那一刻，她的大脑一片空白，感觉自己是一块大石头落了地，全身都被重重地撞击了一下。被众人扶起的那一刻，她还是哭了，那是成功之后释放的眼泪。

这次"飞车"训练，大家都不同程度地受了伤，有的脚崴了，有的腰扭了，有的蹭破了皮，身上青一块紫一块，后来贴上膏药，走到哪儿都是膏药味。

张军华是最惨的。个头矮小跳车费劲儿，总是没有别人跳得流畅，唯一的办法就是多练多跳。身上的瘀青跟擦了紫药水和红药水似的，双膝韧带也被拉伤，睡觉不敢翻身。有一次训练跳车时她的裤子被车板挂住，整个人挂在车栏板上不能动弹，逗得大家哈哈大笑。

尽管训练很累，但没有人抱怨叫苦。练不出硬功夫，怎么参加阅兵？让人家看笑话啊？

经过连续多日的摔打磕碰，女炮班厉害了，无论操炮还是"飞车"，无论个人技术还是集体配合意识，都绝对过硬。连队领导和教官都非常满意。

阅兵这天，场地四周坐满了部队官兵，也围满了群众。看着战士们在嘹亮的歌声中一队一队入场，女炮班的姑娘们摩拳擦掌，脸上洋溢着自信的笑容。

轮到她们上场了。喇叭里响起斗志昂扬的歌声："我是一个兵，来自老百姓……"一辆军车拖着大炮，载着五位挺拔严肃、英姿飒爽的姑娘缓缓驶进阅兵场。在班长的指挥下，姑娘们跨过车厢栏板，像燕子般轻飘而下，稳稳地矗立在地面。

"好！"阅兵场上爆发出一阵喝彩声和欢呼声。

卸下炮绳，二炮手和四炮手快速展开炮架固定，三炮手熟练地操纵瞄准镜。听到班长的命令："准备就绪，开始操炮！"

张军华在海边礁石上

张军华瞬间拉开炮闩，沉稳地接过炮弹并抱起，快速推进炮膛。

经久不息的掌声在阅兵场上空回荡。

六

女炮班参加部队阅兵，取得好成绩，终于可以歇一歇了。

"八一"建军节这天，听说连队开联欢会，晚上还要包饺子。

"连长！我们也想尝尝连队的饺子啥味儿！"

"想吃就一块儿包吧。"

"连长，搞活动我们也想参加。"

"那小伙子们岂不是心里乐开了花儿？"连长高兴了，"通讯员！传我命令，晚上饺子多包点儿，人多！"

姐妹们商量凑钱买些糖果等好吃的东西给战士们。又想，多日来战士们既训练又陪练很是辛苦，不如帮他们洗洗衣服收拾收拾卫生吧。

这天早晨，女炮班的五个姐妹和往常一样准时来到连队。让人感动的一幕出现了——全连官兵整齐列队欢迎她们！

在欢声笑语中，姑娘们和战士一起洗衣服，一起收拾卫生。收拾完毕，开始联欢。连队人才济济，节目准备得丰富多彩。最后以大合唱《军港之夜》结束了联欢。

吃午饭的时间到了。姑娘们要走。连长说："别走了，不差你们几双筷子。下午自由活动，晚上一块儿包饺子。"

盛情难却，恭敬不如从命喽。

午餐后，战士们有的下棋，有的打扑克，有的吹口琴，有的展示书法，还有的剪纸。女炮班的姑娘们参与不同的活动，热热闹闹。傍晚，连队以班为组，各包各组的饺子。女炮班的五个人分在各组里，和战士们一起调面、弄馅、擀饺子皮，切磋包饺子的技巧。在家里，姑娘们都是等饭吃的主，哪会调馅儿？没想到军营里的这群大男孩们厨艺不凡，饺子包得有型有样也有味儿。

吃着热乎乎的饺子，香鲜在嘴里，温暖在心间。张军华永远难忘 1995 年的"八一"建军节。

七

1995 年 9 月，沈阳军区首长要来海洋岛观看"三八女炮班"火炮实弹演习和轻武器射击。

张军华她们是民兵炮手，既然是兵，就不能只限于操炮，各种射击技术都得掌握，尤其是步枪打靶。

火炮射击，她们不担心；步枪打靶，她们心里就没底了。都知道有"神枪手"的说法，可那是子弹"喂"出来的，岂是一朝一夕就能练成的？

对于这次演习，乡政府和育苗场领导都高度重视并大力支持，连队也为女炮班制定训练方案，包括陆地训练和海上训练、白天训练和晚上训练、打固定靶和移动靶。她们和战士混合训练，要在短时间内将军事素质提高到军人水准。

八五炮连的排长王真卿是江苏人，比女炮班的姑娘们年长四五岁。他既是教官，又是大哥，只是一口江苏方言让人听着"费劲儿"。王真卿身材清瘦，少言寡语，在训练场上毫不含糊，认真严肃讲解到位，技术过硬且全面，女炮班的教官都是他从排里挑选的。张军华她们训练步枪打靶，由王真卿亲自指导。后来，王真卿当了连长。因娶了海岛姑娘为妻，王真卿转业后在长海县机关工作，算是扎根海岛了。

王真卿给张军华她们讲解步枪射击的要领：要打好订准，姿势很重要，卧势、据枪和瞄准要领必须掌握，射手做好俯卧的预备姿势后，双脚朝外成八字形紧贴地面，左腿与身体左侧成一条直线，左胳膊肘撑地，左手托枪，枪托要抵住右肩窝紧靠锁骨的位置。右手握枪颈，右腮贴上，头部的重力向下，脖子要放松。整个身体的力量要向前向下，千万不能横向拉推。右侧身体也要与枪体成一线，食指第一节要靠在扳机上，左右两肘要保持稳固。如果姿势不正确，子弹出膛产生后坐力，射手容易受伤。

张军华觉得最难的是瞄准。

瞄准口诀很好记："左眼闭，右眼睁，缺口对准星，准星对目标，三点成一线。""缺口"在表尺上，"准星"在枪管前端，"目标"是胸环靶的白色圆心，打中圆心就是十环；偏向上下左右，环数递减，最低只有五环，一旦子弹脱靶，成绩为零。

口诀好记操作难，谁不想每枪都打出十环？胸环靶上那个小小的白圆圈，是所有射手最惦记，也最不容易击中的位置。

练不好"三点一线"，即使姿势正确，也打不出高的环数。

"三点一线"瞄准了，枪就不能有一丝一毫的晃动。

很难很难。

为了让姑娘们在短时间内熟练操作要领并打出好成绩，王真卿排长手把手教，一对一陪练，每个环节每个动作都多次示范，大家都随身带着笔记本认真记录。

真累。眼睛盯住"三点"，盯久了，累得眼球都不会转动了，眼眶也痛。卧势射击就一个姿势——趴，趴在地上不动，一趴就是半天，身体僵硬了，起身都费劲儿。

那段时间，姑娘们都变成了铁人，除了吃饭睡觉，其余时间都在山上训练。为了打得更精准，首长来检查时能打出好成绩，她们故意选择天气不好时出海训练，在移动的船上对目标进行射击。

有一次，两条小船载着九个人（包括两名教官和两名摇橹的渔民）在海上训练，本来晴好的天气突然风雨来袭，小船在刮着七级大风的海上剧烈颠簸，一个大浪掀来，船头飞起，大浪滚过去，船头又跌入浪里。海水混合着雨水浇到身上，冰凉难受，她们都变成了"海鸭子"。小船赶紧靠礁，人登岸避雨，等风小雨停继续训练。

那天教官都晕船了，几个姑娘却没事——都吓得不知道晕船了！

这惊险的一幕被育苗场干活的工友抓拍：波浪起伏的大海上，两叶轻舟载着九位穿橙色救生衣的人，五位姑娘端着枪趴在船帮上瞄准前方目标……

这张照片将载入女炮班的史册！

随后，女炮班的姑娘们又跟着部队训练拖炮进坑道和上阵地，在哭娘顶外围的山上进行远距离火炮射击。大家都非常珍惜训练期间的每一分钟每一秒钟。

临近实弹演习，女炮班和战士们进行了一次打靶比赛。巾帼不让须眉，女炮班取得了优异的成绩。

正式演习的地点选定在海洋岛岭前村的前山。沈阳军区、外长山要塞区、海洋岛守备团等部队的领导和军报记者、海洋乡领导到场观摩实弹演习。炮声震耳欲聋，一发发炮弹携带火焰，呼啸着飞向海面的目标。

女炮班弹无虚发！

表彰会上，当女炮班的姑娘们每人胸前都戴上一朵大红花时，全场响起一阵阵热烈的掌声！

八

女炮班对一个人精神的再造，远胜过体魄的强健和军事素质的提高。

张军华清楚地记得，在马蹄沟打实弹时，炮弹一出膛，她耳朵就震聋了，一直嗡嗡响，八九天时间听不清楚别人说话，后来才一点点恢复听力。

训练"飞身下车"时，她膝盖撞伤，走路一瘸一拐，双腿磕碰得到处是一块一块的瘀青。

打靶那天，张军华脚被草根扎伤，疼痛难忍，尖叫声顶到喉咙，但马上回过神，想到这是在实弹射击，有那么多部队首长和地方领导在观看，那一声"啊——"终于被她忍了回去。额头滚动豆大的汗珠坚持到射击结束，她只能一条腿"单蹦"了。班长朱铁玲见她伤成这个样子，立即安排人送她去医院……

九

离开女炮班后，张军华于 1996 年 4 月到海洋中心卫生院从事出纳工作。

老出纳员已经退休，张军华刚进卫生院就直接上岗工作，但"两眼一抹黑"啥也不会。

张军华学的是财会专业，练过快速点钞，练过珠算。算盘会使用，但不熟练，遇到三位数相乘时，用算盘还不如用笔算快。每天傍晚结账，门诊和住院收据一摞一摞，都要核实金额。用笔算，一笔一笔相加，猴年马月才能算出来。

张军华很着急。但是急有什么用？还是得练。张军华想，五六十斤重的炮弹都能轻松抱起来，这点儿困难算什么？

张军华去银行要了些练功钞回来，利用晚间练习点钞的手法和速度，也练习打算盘的速度和精准度。学以致用，终身受益。算盘是早就不用了，但张军华点钞的速度，至今还被人称道。

卫生院的老会计是个热心人，也是全县卫生系统财务工作的佼佼者，工作认真严谨，业务熟练精湛。张军华和这样的师傅做搭档，给他打下手，是幸事，也非常累。

老会计对张军华要求很严格，一边指导财会业务一边叮嘱如何做人："从事财务工作的人头脑一定要时刻保持清醒，做到手脚干净，对待工作要细心，千万不能马虎，一分一角也不能差。"

老会计的话，张军华记下了，并当成工作和生活的座右铭，时刻警醒自己。

老会计从事财务工作多年，做到了不贪一分钱、不差一分钱。他打招呼有个习惯，对院里职工一般不喊名，都称呼"鬼呀"或"鬼啊"。熟悉他的人知道是在喊你，不熟悉的还以为他在骂人呢。

有一次月末对账，差了一分钱，找了整整一天，张军华把一堆账本都翻烂了，直到傍晚下班时也没找出来差哪里了。

张军华很无奈："我实在是找不出了，不稀得找吧，就那么一分钱，在哪个数字后面加上一分得了。要不你找，要不明天再找吧。"

老会计朝她瞪眼睛："今天查不出来这一分钱，你就别回家了。赶紧找！"

张军华只得继续翻找，她感觉脑子越来越迷糊，手越来越不好使，核实的数字越来越离谱。一气之下，她把堆放在桌子上的账本都推到了地上。

老会计戴着一副老花镜，眼睛瞪得溜圆，像一双猫头鹰的眼睛，很吓人。老会计非常生气地说："就这么一分钱你查了一天，你还能干点儿什么？"又说，"早着呢！你以后的路还长着呢！要学的东西，要整的账多着呢，有你干的！不细心没耐性，就这个脾气，你能干财务工作吗？今天这事就是在考验你，在练你的耐性，给我把账本捡起来接着找！"

张军华既恨这个"怪老头"，又非常佩服老会计的敬业精神。自己和老会计的差距不是一星半点儿。查吧。直到晚上九点多，张军华终于把这一分钱查出来了！

那天晚上，老会计边记账边陪着张军华查那一分钱。这件事对张军华触动很大，可以说是刻骨铭心，终身受益。在后来的工作中，她严格要求自己，一步一个脚印，踏踏实实工作，磨炼意志和耐性，改掉急躁脾气。在会计师傅的指导下，张军华业务逐渐熟练，能独当一面了。

卫生院常年用的收款收据和其他单子以前都是花钱印制的，后来领导决定要用电脑自己设计、打印，减少财务支出。这项艰巨任务交给了张军华，领导要求她一个月内必须学会操作电脑。那个年代，电脑稀缺，会操作的人极少，同事们都很羡慕能和电脑打交道的张军华，她本人也觉得这是一门技术，一定要熟练掌握。

仿佛又回到了女炮班，又站在训练场上了。张军华早晨很早就到单位，打扫分担区室内外卫生，外出办业务，回办公室记账，再去学校学习电脑操作。首先要学的是打字，五笔输入法要远远难于拼音输入法，需要背记二十六个字母方位，每个键位上包含哪些字根，还有一套五笔输入法的背诵口诀和拆分字体表，都要熟练掌握。最难的是拆分字体，需要在极短时间里熟记一千三四百个偏旁部首，拆分错了就打不出正确的字来，谈何容易！

张军华把表弟的小霸王学习机"占为己有"了，每天早晨四点半起床背字根，晚上练习打字。有好多字很难拆分正确，有时甚至敲了十来下键盘才打出正确的字来。

学习也会上瘾，她几乎废寝忘食，每天都练到半夜十二点。一个月下来，张军华熟练掌握了快速打字技巧和电脑基本功能的使用，会设计和制作简单的表格。

从那以后，卫生院各科室用的收据凭证、单子及工资表等都由她设计和打印，为单位节省了不少开支。

在老会计"鬼呀"的称呼中，张军华在海洋中心卫生院工作了六年。因婚后两地分居，她于 2002 年调到长海县广播电视管理服务中心（今长海县融媒体中心）工作。

十

又一次从零开始。张军华被安排在技术部和办公室，一干就是十年。2012 年 7 月，张军华接管了单位的人事劳资和档案工作。刚接手，就赶上要给十二名职工理顺 2006 年至 2012 年的工资发放情况及当月全台人员的工资发放情况。

电脑办公的时代，劳资和财务又是两种不同的工作内容，刚接手的新活儿一问三不知，也不认识同行的人，张军华无从下手，别提有多上火了。

领导见状，安慰张军华，还联系外单位精通人事劳资的同行帮忙指导。一本书、一支笔、一个笔记本，张军华边看边学边记，实在不会的就去人家单位请教，记满了厚厚一本劳资知识。

难题总是层出不穷。每位职工的档案情况不一样，工资的算法就不一样，出生时间、参加工作时间、聘职时间、普调工资等情况，哪个环节稍有疏忽，工资定档和工资数额就错了。

在不懂、不会、不熟练的情况下给那么多人理顺工资发放情况，不是这错就是那错，一改就要改六年的数。不管多难多费劲儿，都不能把人家的工资弄错，这是底线。张军华把每人的工资计算过程都检查多遍，反复核实，十二个人六年的工资，她检查了上百次。晚上加班到十一点多钟才回家，街灯熄灭，路上空无一人，那种落寞的心情难以形容！

经过不懈努力，张军华办完所有人员理顺工资的手续并反复审核无误，拿到县人事局审批通过。

人事劳资工作事多活杂，一年四季不得闲，尤其是年底各种结算，年报一项跟着一项，有时忙得一天喝不上一口水，说不上一句话，能听到的就是敲打键盘和按计算器的声音。

还有五六天就是春节，张军华却接到通知，工资、人事年报开始了，可以年后上报。干这行的人都知道，这两个年报是人事劳资里面最大最难的活儿，因为表的数量多，填的项目多，全是数字。表之间要"说话"，就是要"对得上"，某一个表格里的数字不对或位置填错，就会一错到底，查起来还特别麻烦。张军华是第一次接触年报，进系统试填了几张，感觉还行，没有别人说的那么难呀。可是，当她点了校对按钮时，电脑下方显示出红色数字，错误竟达六十多处！

张军华顿时蒙了，觉得心口发堵，头老大。如果这几十张表都填完再校对，那会出现多少错误？

这活儿太难干了！

不服输不认输也输不起，张军华继续填表。填了错，错了改，改了还错，像中了"魔咒"。难道是报表故意和她作对？看上去明明没错啊！

这活儿不能干了。

张军华从未遇到这么难缠的工作。不填了，年后再干吧，先回家陪老人过年。

可是，年后就会填了吗？就不出错了吗？

这两份报表，成了张军华的心病，她多想年前做完，轻松愉快地回家陪老人过年！一年到头忙，只有过年过节能回家住上几天陪陪父母，可是这个春节过得并不愉快。

还是早点儿回单位加班吧，心里有事，干什么都无精打采。

春节后是初七上班，初六赶回县里就行。张军华等不及了，初二下午告诉父母说明天要走。妈妈听了，马上沉下脸："非要走吗？多么急的活儿还要过年加班？你就是性子太急。"

最懂、最疼女儿的，非父母莫属。老人嘴上不同意，却在忙活着给张军华往箱子里装东西。张军华心里很不是滋味，就留下爱人和孩子，让他们陪老人把年过完，她义无反顾地踏上返回县里的客轮。早晨上车时，她头都不敢回，直接钻进车里，从车镜里看到爸妈手揣在兜里，站在路灯下望着远去的汽车不肯转身回家，车里的她泪流满面。

大过年的，单位除了门卫再无一人。张军华打开电脑的那一瞬间，过年的气氛远去了，平时工作的心情又回来了。笨鸟先飞吧。女炮班训练的情景再次闪现在眼前。张军华鼓励自己说：我是最棒的！

才过去几天，张军华再看这些表格，却感觉十分陌生。她先看要求，理解意思，一切从头来。她重点研究怎样校对核实，怎样查找错误，窍门在哪里，哪些表可以填完就校对，哪些表不能马上核实……她把表里需要填的内容一项一项记在废纸上备检。通过不断探索，她渐渐有了点儿门路，可是错点仍然很多，只好不断改数。然而，错点一会儿增加，一会儿减少，有一张表里出现了问题，就是找不出原因。是数算错了？再算一遍，没错呀！气得真想把电脑抱起来摔了，这时她想起当年在卫生院摔账本的情景和老会计对她说过的话，立即冷静了下来。

比当年查找那一分钱差在哪里还要难。这个错点，张军华找了一天也没找到原因。干脆不理它了，填后面的。又想，这个错点早晚是要"理"的，不弄明白，哪有心思填后面的？

在张军华几乎绝望的时候，她突然眼睛一亮，看到废纸上记的一串数字，再看看表格里各项内容的关系，一下子就明白了！终于找到错点了，原来是内容理解错了，数字也就填错了位。顿时她心里乐开了花。

在一会儿高兴、一会儿恼火的情绪交替中，张军华填完了几十张报表。看着电脑上红字显示"全表校对成功，可以提交"时，她又一次泪流满面。

这泪水，饱含着付出的艰辛和成功的喜悦。

2017 年末，张军华被调到财会室，在继续从事人事、劳资、档案管理工作的同时，又增加了一项财务工作。

十一

回首往事，感慨万千。是吃苦耐劳的女炮班精神陪伴张军华走进一个个新单位，步入一个个新岗位。虽然她在女炮班时间不长，但那段不寻常的经历却让她受益终生。

在后来的岁月里，无论工作上还是生活中，每当遇到困难、出现麻烦时，张军华就会想起在女炮班那艰辛而美好的时光。不怕艰险不惧困难，艰苦奋斗知难而上，女炮班精神像一盏永不熄灭的明灯，照耀着张军华前行的方向。

何英梅

　　何英梅，1968年7月出生，第十一代"三八女炮班"一炮手，负责打开炮闩。从1996年3月第十一代女炮班在马蹄沟组建开始，到2003年3月女炮班的旗帜连同那门八五加农炮迁回盐场之前，何英梅一直是女炮班的一炮手。在用炮这度以秒计的考核标准下，快速打开炮闩，极力缩短射击流程"第一道工序"所需时间，是何英梅持之以恒的、在训练中不断巩固的操作科目。

　　特别值得一提的是，女炮班成立至今，成员九十多人，鲜有外地人加入，即便有个别军嫂参加，也是临时性的，唯独外地人何英梅，在女炮班奉献了整整七年。

一

　　何英梅是铁岭市下辖的开原市金沟子镇红领村人，初中学历，父母五个孩子，她是老大。何英梅小时候就特别懂事，从小学到初中，学习成绩也一直很好。谁不想多念书、多学知识呢？

可是家里条件太差，这么多孩子上学，每到开学，学费就是一大笔开支，父母很发愁。而且分田到户后，家里劳动力也不足。何英梅看在眼里，急在心里。她为了替父母多分担一些，早早地告别了学生时代，初中刚毕业就回家干农活。

当了几年农民，深切感受到种地的艰辛和收入的微薄，何英梅心里很苦。

1986年初，不满十九周岁的何英梅来到海洋岛干养殖，当时时髦的说法是"打工"。为什么要到海洋岛？这个地方，她此前只是听说过，因为老姨在那里，但不知道海洋岛在什么地

何英梅

方，是什么情况。那时候，别说海岛，何英梅连海都没有见过。但是听了老姨的介绍，她二话没说，就迫不及待地跟着来了。

　　海洋岛是黄海深处的国防前哨，20世纪六十年代初，当地居民大规模动迁时，姨父全家被迁移到辽西朝阳地区（今葫芦岛市）建平县，几年后又迁居铁岭开原，也就是何英梅的家乡。然后就有了老姨的婚姻，孩子五岁时，姨父全家搬回海洋岛，老姨也成了海洋岛人。

　　1986年春节前，老姨从海洋岛回开原老家探亲，看到何英梅家的情况，非常感慨。何英梅和父母三人是家里的全部劳动力，春种夏管，到秋天卖粮才能看见几张票子。那点儿收入对于七口之家，真是杯水车薪。卖粮的钱自然由父母把持和支配，供全家开销，常常是捉襟见肘。何英梅一年到头出大力流大汗干重活，手里却没有供自己支配的钱，想买点儿喜欢的东西又不好跟父母张嘴要。弟弟妹妹还小，用钱的地方多，何英梅理解家庭状况和父母的难处，想多挣钱，又没有门路，就把自己的苦闷跟登门探望的老姨说了。老姨说："英梅，别种地了，跟我上岛吧，打工挣钱，比种地强多了。何英梅将信将疑，打什么工？能挣多少钱？老姨说，出海，干养殖，每天背个包上班下班，都打扮得利利整整的，活儿也不太累，一年能挣两千多。"两千多？1986年的时候，一般职工一年的收入也就五六百元，农民种地，收入更是少得可怜，干养殖能挣这么多？何英梅吓了一跳，以为自己听错了，眼睛瞪得老大。老姨又重复了一遍。

何英梅激动了。两千多，简直是天文数字。哪能不去？无论如何也要去！

父母当然也没二话。虽然种地人手少了，但能给家里带来更多收入，跟着她老姨，他们也放心，所以必须坚决支持。

当时春节将近。农村人把春节看得很重，谓之"大年"。能在家里过了年再走吗？不能！有个成语叫"归心似箭"，何英梅反过来，是"去心似箭"。她恨不得插上翅膀，飞向千里之外那"一年能挣两千多"的海洋岛，早日跻身靠辛勤劳动获得高收入的群体。正好老姨也要在春节前赶回海洋岛。何英梅简单收拾了一下，雄心勃勃地跟着老姨，坐着父亲赶的马车，从家里出发，去镇里唯一的火车站。

金沟子镇站是火车沿线的一个小站。何英梅和老姨从那里登上一列路过的绿皮火车，轰轰隆隆一路南下，路经数不清的大站小站，七个小时后到达大连火车站，当天没地方可去，就住进站前旅店。第二天一早，何英梅和老姨乘坐 13 路公交车到大连港，先去售票厅排队买票，又到候船厅检票口排队检票，随着人流进入港区，通过舷梯登上傍在码头的"辽民 3"号客轮。老姨说，这就是"老牛船"。何英梅不解，怎么叫这么个名字？老姨说，这船一是速度挺慢，慢得像老牛踱步；二是汽笛声沉闷，拉笛像老牛吼叫。

何英梅以前只坐过火车、汽车，根本就没见过船，更不要说坐船了，感觉很新奇，很陌生，也很特别。天冷，呼出一口气都冒白烟，何英梅却不觉得冷，四等舱的座位也很舒适。但晕船是她没有想到的。"辽民3"号有多层船舱，船体庞大，但遇到风浪还是会摇晃，从未坐过船的何英梅就晕船了。她由此联想，到海洋岛干养殖，要出海，会不会也晕船？

客轮一路向前，驶出大连湾，进入黄海北部海域，先后路经长海县广鹿岛、大长山岛、小长山岛、獐子岛，像慢行列车，逢站必停，每到一处岛屿就拉响汽笛，"呜——"铁锚伴随汽笛声，轰隆隆抛到海里。然后下客，上客，再拔起铁锚，拉响汽笛，向下一站进发。如果不晕船，一路观赏海洋气象和岛屿风景，充满乐趣的旅程该有多么惬意。

船行九小时，天黑了才到海洋岛，太平湾沿岸已经亮起璀璨灯火。"辽民3"号在海湾抛锚后，从东岸（东帮）和西岸（西帮）开来两艘像拖头一样的小机器船，靠上客轮两舷。乘客们已经完成向两舷集结，等待驳船接力，将他们"摆渡"上岸。

太平湾很辽阔，海岸线弯曲数公里，乘客分开登岸，可就近回家。何英梅跟着老姨，背着大包小裹，来到客轮右舷。老姨告诉她，到马蹄沟，还要爬山越岭，走很远的夜路。

此时，"辽民3"号沉闷的汽笛声已经停了，何英梅却感觉那酷似老牛闷声吼叫的声音仍在耳畔萦绕，余音不绝。

从大连到海洋岛，从海洋岛到大连，这条航线从此一直伴随着何英梅。她每年都要回家，除了晕船，还有其他不便，感觉回一趟家太难。"辽民3"号客轮靠不上太平湾里的任何码头，乘客们要在浮桥排队登上小拖轮，再由小拖轮摆渡到"辽民3"号。马蹄沟离盐场很远，路也不好走，天不亮就得从住处出发。

"辽民3"号如果停在陆军码头附近还好，有时候要到更远的高丽庄码头上船。回家能空着手吗？海岛特产是肯定要带的。大包小裹背着扛着，走五六里路去太平湾赶船，遇到风浪天气还晕船。从早晨踏上甲板，到傍晚走出船舱，整整一天时间，有时候晕得死去活来，折腾得浑身像要散了架子。就算这样，也挡不住何英梅回家看望父母的脚步。每年春节前，只要放假了，她就急着往家赶，大风大浪不怕，有船就行。有一年回开原老家过完春节回来，因为一直刮大风不通船，何英梅在大连火车站的站前旅馆困了七天。后来海洋岛海上交通条件改善了，何英梅回家也方便了。

二

何英梅来海洋岛后，住在马蹄沟的老姨家。1986年春节后，正式到乡养殖公司设在西帮的分场上班，成为养殖场的一名新员工。

海洋乡山高地少，集体经营渔业，有乡属捕捞公司和养殖公司，渔业生产热火朝天，1985年全乡劳均收入五千九百余元，远海捕捞渔民收入更高，养殖渔民最少也挣两千多元。何英梅深受鼓舞，更充满信心和斗志，但也有所担忧——干养殖要随船出海，晕船了怎么办？

养殖公司主养栉孔扇贝，不用育苗，到定点海区自然采苗。何英梅被分配到一条船上。不是后来的尾挂机船，是摇大橹的"尖头拍子"。船上三个人，男女搭配，男的是船长，负责摇橹，两个女的跟船出海作业。自然采苗时要到划定海域投放装有附着基的采苗网袋。网袋沉到海底，海里自然繁育、到处流浪的稚贝就吸附到网袋里的附着基上。这是低投入、高产出的浮筏贝类养殖上游产业，非常神奇，但前提条件是海里有自然生长的种贝。这一年，长海县在海洋岛海域八个采苗点投放采苗袋一百三十多万个，采苗五亿多枚，养成浮筏一千八百多台。何英梅很自豪自己是采苗大军中的一员。也是这一年，为解决夏季高温扇贝死亡问题，海洋乡采取异地度夏措施，在王家岛海域低水温区开辟扇贝度夏暂养区，扇贝成活率大幅提高。

何英梅既是海岛养殖业发展的见证者，更是参与者。除了采苗，更多时候是随船到筏区，往筏绠上架浮力球防止浮筏下沉，将暂养的扇贝苗分配到一层一层的网笼里（简称"分苗"），起吊笼收获成熟的扇贝……领导叫干什么，她就干什么，所有海上养殖的活儿她都干过，虽然是现学现干，但因聪慧、要强，她样样活儿都干得很棒，深得领导和同事称赞。

何英梅不怕苦，不怕累，就怕晕船，有大风警报她是不能出海的。风和日丽的天气出海作业，虽苦虽累，也是享受；五六级风力，海面掀起层层波浪，小船在波浪中左摇右晃，何英梅就晕得受不了，脸色蜡黄，呕吐，吃不下饭。但无论如何，也得坚持出海作业。当地人说，"晕"出来就好了。天生不晕船的人不多，很多渔民是逆"晕"而上，与"晕"搏斗，越晕越动，越呕越吃，最终"晕"了出来，成为不晕船的闯海人。何英梅也想"晕"出来。尽管性格刚强，也有毅力，可是一遇到风浪，就晕得稀里哗啦。领导一看，不行，都半年多了还没"晕"出来，就照顾她上陆地工作。

到陆地干什么？养殖场员工多，在食堂就餐的人也多。何英梅被安排到厨房帮厨，成为"火头军"的一员。何英梅在食堂任劳任怨，埋头苦干，什么脏活累活，什么起早贪黑，一概不在话下，工作态度和工作表现受到广泛赞扬。这也是她上班第一年就能拿到较高报酬的原因。

何英梅在养殖场工作的 1986 年，海洋乡总收入比上年有所增加，但劳均收入下降到三千二百余元。年终分配时，何英梅得到两千多元，按工资增速计算，相当于现在的二三十万。捧着这笔巨款，何英梅高兴得合不拢嘴，套用一句话，"做梦都能笑醒"。这可是纯收入，比全家种几年地收入还高，也没有种地累。关键是，她第一次有了"财政"支配权，这笔钱除了补贴家用，自己零花也随意。海洋岛，真是一方福地。

何英梅在养殖场上班的 1986 年，第七代女炮班也在养殖场组建。女炮班的民兵们除了军事训练，也下海作业，能劳能武，令人羡慕和称赞。何英梅也听说了女炮班的事。养殖公司光是从事栉孔扇贝养殖的就有一百五十多人，每个人都有固定分工和行动区域。何英梅在养殖场工作时间短，和女炮班没有交集。没想到，十年后，她也成为女炮班的一员。

三

何英梅把姨家当成自己家，把老姨当妈，老姨也把她当成亲闺女。老姨心疼她出海晕船，年纪轻轻的做饭也不是长久之计，就合计给她换个工作。

第二年，何英梅离开养殖场，到乡捕捞公司的远海渔业大库补网厂上班。

远海渔业大库也在西帮村，离姨家近，上下班少走路。补渔网，是补捕大虾的锚网，聚乙烯线。这工作比做饭有技术含量，何英梅做起来也得心应手，收入和在养殖场差不多。何英梅一干就是四年，直到在海洋岛找了婆家并于1991年结婚，才告别"打工"生涯，不再从事集体性生产劳动。然后是怀孕、生子、照顾家庭，过着和大多数农村妇女大体相同的婚后生活。

对象是海洋乡远海捕捞公司渔船上的二车，年收入两三万，在当时相当可观。那些年，正是海洋乡捕捞业快速发展时期，渔民是令人羡慕的职业。

和女炮班
我

婚后，何英梅除做家务和照顾孩子，有时间就打零工，用她的话说是干"社会工"。

何英梅不再住姨家。她在马蹄沟有了自己的小家，离婆家不远。她善良朴实能干，乐于助人，在村里人缘很好。1996年3月的一天，村妇女主任找到她，说"三八女炮班"要在咱岭前村（那时还没和西帮村合并）组建，想让你参加，你愿不愿意？何英梅虽说对女炮班了解不多，但知道女炮班和军事有关，和保卫海防有关，就痛快地答应了，心说，这是好事，干呗！

历代女炮班成员都很优秀，何英梅没想到自己能被选中。她虽已在海洋岛落户多年，但内心深处还是有些自卑，好像外地人的标签一直跟随着她。说话仍旧是辽北那疙瘩的口音，普通话不该卷舌的卷舌，如"字"发音"志"，"次"发音"赤"，"四"发音"是"，"走"发音"肘"，声母 z、c、s 在吐字时自动转换成翘舌的 zh、ch、sh。方言是地域文化的载体，这种极富特色的发音方式覆盖全辽北，并向周边渗透，东北很多地区都是这种发音，形成独特的文化符号，一些领导在电视里讲话，也是这种口音，一听就知道老家是东北那疙瘩的。而海洋岛人说话，方言味道也很浓，何英梅起初听着相当费劲儿，感觉对方说话"吐舌头"，说不利索。

在海洋岛工作、生活，一晃十年，她觉得能融入这里就已经很幸福了，没想到居然被选进很多本地人都十分羡慕的女炮班。

四

女炮班都有谁啊？不知道。报到那天，在岭前村会议室，乡领导给她们讲了讲，确定了班长和瞄准手。第十一代女炮班班长是迟明芬，成员有王淑霞、张秀丽、宋晓华、张秀红，加上何英梅，总共六个人。大家都认识，有本屯和前后屯的，有的从何英梅婆家这头论，还是亲戚。互相打了招呼，非常亲热。

然后到驻守马蹄沟的海防二连训练场。当时还没发迷彩服，六个人穿什么的都有，花花绿绿，五彩缤纷，训练场一下子有了颜色，变得生机勃勃。

何英梅不到三十岁，算是她们中年龄比较小的，军事方面也是零基础。人家迟明芬、王淑霞和张秀丽都是老资格的民兵，编组在村民兵连，打过枪，参加过军民联合演习，军事素质不是一般地硬。也有像何英梅这样的，军事方面一窍不通。

这就有压力了。

乡长、乡党委副书记、乡武装部长等地方领导和驻军守备团首长都来了，非常重视女炮班换代重组仪式。何英梅看到训练场上炮口冲天的大炮，大吃一惊。领导说了什么，她也没听清。她是第一次看见身架巨大、威武雄壮、气势磅礴的八五加农炮，炮管老长，两个大胶皮轮子，大架子像两条腿并在一起，复杂的发射机关前面还竖着像盾牌一样的钢板……不由得心想，这么大个家伙，咱们驾驭得了吗？驾驭不了可咋整？

不服输、一向要强的何英梅，面对大炮，从心里生出敬畏。

组建仪式结束并作了分工之后，女炮班立即投入紧张的训练。先熟悉大炮各部件名称和作用，教官讲解操作要领并具体指导操作。何英梅她们一遍遍学，一遍遍练，由陌生到熟悉。毕竟都有初中以上水平的文化底子，姐妹们很快就掌握了操炮技能，开闩、装填炮弹、瞄准击发……越练越熟，就等实弹射击检验训练成果了。

第一次实弹射击，大炮拖到海岸高坡，目标在海上。虽然每个人都觉得训练得差不多了，都摩拳擦掌，跃跃欲试，但究竟能打出怎样的成绩，都心里没底，只有打起来看。

射击之前，有一个小插曲。炮阵地边上有一座坟墓，岛上人特别讲究敬重逝者，炮声惊天动地，注定会"惊扰"，班长迟明芬和瞄准手等年岁比较大的民兵，领着大家到坟前跪下，每个人朝坟墓磕了三个头。这是遵从渔村民俗，也是表达内心的尊重，所以每个人都表现得无比虔诚。

实弹射击，六炮全中。第十一代女炮班首次实弹射击旗开得胜。

大家都很开心。何英梅也高兴得不得了，甚至比第一次拿到那笔两千多元的劳动报酬还要高兴。那是物质的收获，这是精神的激励，女炮班的名气再次提升。身着军绿色迷彩服、戴着迷彩帽、穿着解放鞋去训练，别人都用羡慕的眼光看，何英梅感觉特别自豪、特别骄傲，不管怎么说，就冲咱打出的成绩，就冲咱这身装扮，咱也和"军"字沾边儿了。

右二为何英梅

2000 年初在獐子岛跨年训练、演习，女炮班吃了很多苦。有几件事何英梅记忆犹新。

有一天训练结束后，她们在炮阵地休息，做即将对海上移动目标实弹射击表演的准备。何英梅突然想到，应该再检查一遍炮闩。没有特殊的原因，只是天寒地冻，滴水成冰，脚下的泥土都冻得坚硬如铁，炮闩会不会被冻住？一旦实弹射击时炮闩不能快速打开，就要耽误大事。强烈的责任心驱使何英梅不顾寒冷，去检查炮闩，果然发现严重问题——炮闩打不开了！不知是冻住了还是出现了别的故障，何英梅当时惊出一身冷汗，马上报告。随后来人检修，避免了一次事故。何英梅很后怕，幸亏及时检查，发现了问题，如果实弹射击时炮闩打不开，后果是要多严重有多严重！

在獐子岛训练期间赶上大风寒潮，客船停航，间休时她们回不了海洋岛。孩子只有七八岁，扔给婆婆照顾。那时候大家都没有手机，和家里联系不上，非常牵挂，也不忍心累着婆婆。看有人借部队电话打到家里问候并报平安，何英梅也打了一个。婆婆也曾经是持枪民兵，深明大义，非常理解并支持何英梅。没有了后顾之忧，何英梅她们训练得更加来劲儿了。

为抵御严寒，部队给每人发了一件军大衣。何英梅长着一张胖嘟嘟的圆脸，穿上军大衣格外精神。那天晚上大家围坐铁锅取暖，何英梅冷得受不了，就站到避风的墙边。班长迟明芬发现少了一个人，又见墙上有个佛像一样的影子，就让大家看，那像不像尊佛？是灯光把何英梅的侧影投到墙上，头发、鼻子、嘴唇、下巴……还真像哎！大家就开何英梅的玩笑，说你成佛了，哈哈哈。

何英梅心有余悸的另一件事是有一年首长来视察，她们练习"飞车"表演。卡车拖着炮，她们要从高高的车厢板上面翻身而下，去操作大炮，时间要求相当严格。按程序，何英梅应在班长飞车之后，再做飞车动作。可是班长因为摘炮钩一时没能摘下来，何英梅等不及，怕耽误时间影响成绩，就不顾动作是否规范和是否会有危险，扳住车帮，从车上飞身一跃，越过班长头部，划出一个很大的弧线落到地面。

当时啥也没想，就是要在规定时间内完成任务。

时间是抢回来了，任务也圆满完成了，可也险些出了事故。真令人后怕。

五

2003 年 3 月第十二代女炮班在盐场组建时，何英梅已经三十六岁。"退役"后，她继续干"社会工"。

对象一直是远海渔民，2007 年在海上因故去世。这对何英梅是沉重打击。她一个人抚养十六岁的儿子，帮他成家立业。女炮班的七年，磨炼了她的意志，她变得更加坚强，到哪儿都能生存，再大的困难也难不住她。

给民营养殖场做饭，已经十多年了。分苗时节雇人多，她每天早晨两点钟就起床。她是多届村民代表，担任村里的保洁员，还管理马蹄沟水库。

海洋岛淡水贵如油。过去，何英梅家前面有一眼小井，水质特别好，清澈，甘甜，外地来旅游的人都从井里舀水直接喝，回味无穷。后来村里将小井扩建成大口井，水源充足了。而村里那座供应全村自来水的小型水库经常干枯，群众吃水难。何英梅负责看着水库，只要水位下降，她就从大口井往水库泵水，保证村民常年有自来水用。尽职尽责地干好这份工作，为大家作贡献，自己也有份收入，何英梅感觉很光荣。

退出女炮班整整二十年了，何英梅依旧非常关注女炮班。在女炮班的七年，是她一辈子的骄傲和光荣。"特别骄傲，特别光荣！"她面对采访者，多次无比自豪地说。吃过很多苦，也得到过崇高的荣誉。每当回忆起来，就心潮澎湃，热血沸腾。"长海发布"公众号发女炮班事迹连载，她每期都看。凡是有

女炮班在进行训练

关女炮班的消息，她都特别关注。2000 年初在獐子岛参加部队训练演习，她们荣立了集体二等功。这是女炮班成立四十年来首次立功。虽然军功章没有发到每个人手中，但每时每刻都在她们心中。在女炮班期间拍摄的照片和后来发的证书、纪念章等，她都非常珍惜，要永远保留。

　　"特别骄傲，特别光荣！" 何英梅觉得，一生中能有那样一段辉煌的岁月，此生足矣。

王晓凤

　　王晓凤，1980年1月出生，本科学历，2009年补位加入第十三代"三八女炮班"，任三炮手，2015年后任第十四代女炮班一炮手，2019年入党。现在海洋岛镇机关工作，任医保专干、党务专干和镇人大主席团秘书。

右一为王晓凤

一

2009 年 3 月的一天，海洋乡武装部长找到王晓凤的母亲。部长说："你家晓凤素质非常好，各方面条件都不错，女炮班缺人手，让她参加吧！"

"好啊！"母亲也没有征求王晓凤的意见，当即替她答应了。

王晓凤听说让她加入女炮班，兴奋得差点儿跳了起来。她从小就有很多女孩都有过的梦想：长大后当一名女兵。当不成女兵，加入"三八女炮班"这个光荣集体，当一名女民兵，也算圆了梦。

进入女炮班，穿上迷彩服，王晓凤很积极，军事训练有多辛苦，她就有多刻苦。

训练队列，立定、稍息、齐步走、跑步走……当时女炮班编在高炮二连的六班，平常和战士们一起训练，也有班长负责女炮班的训练，给她们"吃小灶"。

王晓凤是"新兵"，刚开始训练时，不管是齐步走还是立定稍息，动作都不到位，手脚放不开，感觉不好意思，班长纠正她的动作时她就脸红。众目睽睽之下，别人的动作过关，自己老是跟不上，很着急。越着急就越出错，不是慢半拍，就是迈错脚。姐妹们见她这样，纷纷鼓励她，给她加油打气。

一回生，二回熟。王晓凤在训练场上刻苦认真，没事的时候就自己练习，慢慢找到了感觉，各种动作都规范到位，走起步来很是英姿飒爽。

双三七高炮的三炮手负责确定火炮与目标的距离，要在听到班长口令后两秒钟内将目标距离精确地摇到仪盘上对应的刻度。这个科目看似简单，但操作起来难度很大。

为了尽快熟练掌握这一技能，王晓凤就拿着报读钟一遍一遍对着秒数默读。

报读钟每走一小格需要的秒数不同，王晓凤刚接触时感觉太难了，一、二、三、四、五，一、二、三、四、五、六……听着滴答的声音，就是对不上，反复练了好多遍还是不准确。姐妹们都休息了，王晓凤还在练。不攻下这个难关，她怎能休息？训练时练，回家也练，白天练，晚上练，就连做梦，嘴里还不停地数着："一、二、三、四、五……"

双三七高炮要操炮的六个人共同协作才能打中目标。三炮手王晓凤的岗位至关重要，不能因为自己训练不到位，功夫不达标，在实弹射击时打不中目标而影响女炮班的整体成绩。

有目标就有动力，王晓凤更加刻苦地训练。

功夫不负有心人。苦练了两天，王晓凤就能分秒不差，精准地摇到相应距离的仪盘刻度上。

训练了一段时间后，女炮班接到任务，部队首长要来看她们实弹射击。女炮班首发命中，得到首长的高度赞扬。

王晓凤这才觉得，自己在女炮班站稳了脚跟。

二

王晓凤加入女炮班的第三年，即 2011 年，夏天特别热。有一天女炮班突然接到演练通知，要到连队集合，然后以最快的速度按要求背好所有装备，沿盘山小道爬到山顶，到达各弄的炮位。演练的目的是考验大家的应急反应能力。

警报拉响后，姐妹们迅速背上水壶、防毒面具、粮食袋、子弹夹、手榴弹、枪，再戴上钢盔，全副武装后就已经汗流浃背了，她们还要沿着小路往上跑。

高射炮是守卫领空的，都布防在视野开阔的山顶。海洋岛山高，海拔三百米以上的高山有很多座，高炮二连炮阵地所在的山顶，海拔也在三百米左右。山坡极陡，路非常窄，路旁杂草丛生，不要说奔跑，不要说负重，就是徒手攀登，也要累个半昏。

女炮班的人一个接着一个往山上攀爬，耳畔是一片杂乱的脚步声和多重奏一样的喘息声。王晓凤也算是老兵了，多次参加过各种训练，经历过摸爬滚打，一般的训练困难难不住她。但在这高温天气里攀爬陡坡，她也吃不消了。多想停下脚步，歇一歇，擦把汗，可是不能。演练有速度要求，有时间限制，所以她必须寸步不离地跟上队伍。

王晓凤苦苦地撑着往上爬。她听到一个刚进女炮班的新队员颤声喊道："班长，我腿都软了……"

王晓凤看了那名队员一眼，发现她的双腿在微微发抖。可能是山路太陡，害怕所致。王晓凤的双腿也有些发软，不听使唤，她迈步像喝醉了酒一样东倒西歪，估计别人也好不到哪里去。不流几身汗，不掉几斤肉，不把胆量练出来，那还叫训练吗？

班长逄晓丽的身体状况也不太好，但她始终做队伍的"领头羊"，咬牙坚持往上攀登。听到队员的喊声，逄晓丽回头安慰并鼓励大家："加把劲儿，把吃奶的劲儿使上也要坚持到山顶。"

这是在测试全班的总成绩，不是闹着玩的。

大家都打起精神，鼓足了劲儿，牙关一咬再咬，无论如何也不能因为自己一个人把女炮班的整体成绩拉低，不能给女炮班丢脸！

陡峭的山路几乎是直上直下，走在前头的人一不小心就能踹到后面人的脑门儿。训练结束后逄晓丽心有余悸地说："说实话，我回头看了一眼也害怕。"

尽管都害怕，大家还是坚持以最快的速度往山上爬。她们前面的拉扯后面的，先上去的拽着下面的，一个接着一个往上倒腾，谁也不甘落后，谁都不想拖后腿。

爬到山顶时，大家迷彩服全部湿透，一个个都累散了架，汗水顺着脸、脖子和后背往下淌，都张着大嘴，喘得上气不接下气，感觉是只有出气，没有进气，呼出的白气在山头汇成了一团。大家也不管脚下是泥是草，都就地放躺了。

王晓凤累得心脏怦怦跳，头发打绺儿，浑身的肌肉都哆嗦，也躺倒在地。

　　她们凭着憋在心里的不服输、不能给女炮班丢脸的那股劲儿，在规定时间内攀上了高山，到达阵地，顺利地完成了任务。

右二为王晓凤

三

2015 年 10 月到营城子参加全省民兵高炮射击比赛，是对"三八女炮班"的一次大考。

这次比赛，除了放列、规正水平、检查瞄准线，还有重头戏实弹射击。十四代女炮班换代才三个月，还没打过实弹，这等于是匆忙上阵迎接新挑战。

在南关岭教导队预练的那几天，女炮班和中山区的五个男民兵炮班合练。

女炮班抓紧一切时间练习，放列、规正水平、检查瞄准线，一秒一秒地提升速度，确保在规定时间内完成。但在与男民兵合练时，还是出现了很多问题。为了同步，女炮班只好改用男民兵的训练方法。

营城子是下一站，也是女炮班此次训练和射击的"主战场"。

听别人说帐篷条件很差，住帐篷很冷。从来没有住过帐篷的王晓凤却非常兴奋和期待，心想：这次终于可以真正体验当兵野营的生活了！

军人的野营生活不是那么好体验的。整理帐篷，铺床，吃饭吹哨集合，然后一个炮班一个炮班排队打饭。晚上没有电，发电机只发电到晚上九点，手电筒成了必不可少的电器。王晓凤刚开始很不适应，不知是兴奋还是激动，晚上熄灯后根本睡不着。早上四点半就得起床，她感觉刚睡着就被闹铃叫醒，迷迷糊糊的，刷牙时还闭着眼睛。洗漱过后全体到训练场集合，一天的紧张训练开始了。

女炮班仍旧像在海洋岛训练一样认真刻苦，不论走路还是在炮后休息，都像战士一样遵守纪律，听从指挥。

打实弹，对已有六年"兵龄"的王晓凤来说已经习以为常，但新成员肯定会紧张。徐瑞芳在实弹射击之前就问了王晓凤她们好多问题：大炮有多响啊？我们在炮上会不会有危险啊？耳朵会不会震聋了？……

大家就笑着安慰她，给她减压。

徐瑞芳一直处于高度紧张状态，晚上九点吹熄灯哨之前她已经睡着了，在睡梦中听到熄灯哨声，她被惊醒，以为是起床哨，就赶紧爬起来穿衣服，边穿边说大家："你们怎么不穿衣服啊，集合了！"……

说起来是笑话，但不是因为特别紧张，哪会出这样的笑话？每个人都很紧张，都想做最好的自己，不想拖大家后腿。

王晓凤也是如此。

第一天实弹射击，王晓凤和小王雪就犯了低级错误。按要求，连长下达完口令后班长重复口令，她们两个再开始搜捕目标。但是因为高度紧张，听到连长口令后，她俩就直接开始搜捕，忘了还要等班长重复口令。

虽然没有造成什么后果，班长和连长也没有批评她们，但王晓凤和小王雪还是非常内疚。

王晓凤和小王雪参加单手考核时，因为是夜考，地形不熟，又有没有照明，小王雪的脚扭伤了，连长和随去的海洋乡武装部长都吓坏了。

不能弃考！王晓凤给小王雪的脚轻轻揉了揉，小王雪坚持带伤上了考场。

考核科目是夜捕——在黑暗中捕捉目标。王晓凤和小王雪从没见过也没听说过还有这样的考核科目，更别说练了。两个人简单听了一下考核要求和方法，就接受了考核。

毕竟有相当好的素质和基础，尽管此前王晓凤和小王雪从未训练过夜捕，考核还是顺利通过，成绩也不错。

第二天，有位首长听说了小王雪脚扭伤的事，就派了一辆车接小王雪去训练。

小王雪说："我不坐车，我要和组织在一起！"

这句话，感动了好多人。

四

第十四代女炮班刚组建，就接到任务，国防部首长要接见"三八女炮班"。时间非常紧，女炮班刚熟练掌握了双三七高炮的操作，上级又通知她们改训双三五高炮。

王晓凤她们和部队战士一样，早上四五点就到炮阵地训练。那些天训练的艰苦，这里就不细说了。总之是克服了重重困难，一个个脸晒黑了，手磨破了，身上青一块紫一块，身体疲惫，回到家什么也不想做，连饭都不想吃，就想睡觉。

但怎么可能什么都不做？

海洋岛供水紧张，每周二、周六放水。放水时岛上的居民需要接足此后几天所用的水。那天是周二，王晓凤和往常一样，一天的训练结束回到家，已经是晚上。她简单洗漱一下准备休息。洗漱时用的是自来水，她这才突然想起今天是周二——放水的日子。

得赶紧接呀！

爱人出差了，家里只有她自己。她睡眼蒙眬，强撑着身体，打开水龙头开始接水。看看水箱，接满水还得一会儿，王晓凤就坐沙发上看电视，等着水箱接满水，关闭阀门再睡觉。

哪想到，她不知什么时候睡着了，也不知睡了多久。睡梦中隐约听到敲门声。谁？王晓凤一惊，忽地一下坐了起来，心想谁在这个时候敲门，不知道人家在睡觉啊？……

开门一看，原来是对门的大叔。

"你在家啊？我敲了好长时间的门，以为你不在家呢！"

"怎么啦大叔？"

"你家门口流了好多水，都流到一楼了。快看看是不是暖气管破了？"

"啊？"

王晓凤家住在五楼，水都流到一楼了，那得流多少水啊！

是暖气管破了吗？不应该啊！

这时，王晓凤才恍然大悟："哎呀！我在接水，是水满了流出来了……"

王晓凤急忙跑去关水龙头。地板上的水已经没过她的脚背了。她本应该早就发觉，但因睡得毛毛愣愣，没感觉到脚上有水。

王晓凤又急又气，放水也能睡着！刚装修的地板全被浸湿，损失大了。

王晓凤睡意全无，立即投入"抢险"。盆、桶全都用上了。水太多，用毛巾吸根本来不及，她就拿了一条大浴巾铺在地上吸水。浴巾吸饱了水，再拧到盆里桶里，倒进下水道。记不清倒掉了多少桶水，大厅沙发、茶几都横七竖八，一片狼籍。收拾停当，已经十一点多了。

王晓凤欲哭无泪。多亏对门大叔，不然后果会更严重。

五

有一年冬天，女炮班接到命令，与驻岛部队一同参加应急演练。

凌晨三四点钟，人们都在热乎乎的被窝里熟睡，王晓凤她们已全副武装，拿起手电筒和准备的面包、咸菜，奔入了刺骨的寒风中。

王晓凤她们五点多钟来到空旷的训练场时，到处漆黑一片，呼啸的寒风疯狂扑来，她们站都站不稳，沙石打在脸上如同尖刀割，疼啊！羽绒服套在迷彩服外面，拉链都拉不上。因为寒冷，也怕被狂风吹倒，她们一个抱着一个，背着风，一边吃干粮就咸菜，一边跺脚，还不忘念叨训练时应该注意的问题。

　　那天的应急演练情况，王晓凤记忆并不深刻，但她们清晨在训练场上被狂风和寒冷夹击的情景却历历在目，记忆犹新。从加入女炮班那天起，她就明白，到女炮班来，不是来享福，而是来锻炼，锻炼保卫祖国的本领。因此，不管什么样的苦，她们都能从容地吃下。在训练场上，她们从来没把自己当女人。她们和连队战士们一样摸爬滚打，苦练技能，所吃的苦、受的累有多少，只有她们自己清楚。

六

　　2015 年 9 月的一天，女炮班接到通知，要参加海防团组织的双三五高炮实弹射击。

　　王晓凤听到这个消息，既激动又紧张。激动的是很久没有打实弹了，手有点儿"痒"；紧张的是，从双三七高炮转训双三五高炮时间很短，心里没底。而王晓凤是一炮手，能不能一炮把飞在天空的气球打下来，主要看她。

　　早上四点左右天还没亮，王晓凤她们就爬山到达炮连的训练场地。五门高炮耸立在空旷的训练场上，全团的新兵整齐地坐在场地后方等待观看实弹射击。

轮到女炮班上场时，大家非常紧张，尤其是王晓凤，紧张得不知所措，坐在炮上，双腿直哆嗦。

这压力得有多大！

王晓凤虽然非常紧张，但有一点她把握得很好——只要上了炮，就要克服一切困难，坚决完成任务！

在准备接收班长口令的时候，海防团赵副团长走到王晓凤面前，拍拍她的肩膀，鼓励她说："别紧张，没事儿，就按照训练时讲的要领进行射击，保证没问题！"又加重语气说，"你一定会把气球打下来的！"

赵副团长非常希望女炮班能争口气。

王晓凤听了赵副团长的话，心绪不再杂乱，但心脏仍然像揣了只小兔子一样怦怦乱跳。

没有时间想东想西，只见东南方向，一只直径七十厘米的红色气球很快飞上了三百米高空。

王晓凤冷静瞄准，捕捉目标。

现场鸦雀无声，大家都屏住呼吸，目光齐刷刷跟踪那只飞翔的气球。

班长一声令下："长点射——放！"

炮膛内吐出阵阵火舌，高空中的气球应声破碎！

王晓凤还没回过神来，就听见一旁响起铺天盖地的掌声。那是观战的战士们给予女炮班的由衷赞赏。

打中了?

到这时，王晓凤才意识到击中了目标。

她当时脑子里一片空白。

想想也是，没有打不中的道理啊!

从炮上下来后，赵副团长用手势给了王晓凤一个大大的赞。

王晓凤回应赵副团长一个微笑，心里有着说不出的高兴。

王晓凤（左）与张晶（中）、牟苹丽（右）

张
晶

张晶，1980年8月出生，大专学历，2001年2月参加工作，任海洋乡岭后村妇女主任。2003年6月加入在盐场组建的第十二代女炮班，2005年因结婚退出，同年6月加入中国共产党。2015年7月第十四代女炮班组建时，张晶服从组织安排，再次加入，先后任双三七高炮的三炮手和双三五高炮的六炮手；任三炮手时负责高炮的距离装填，任六炮手时负责为高炮发电保供。

一

张晶出生在海洋乡岭前村的一个渔民家庭，有一个比她小五岁的妹妹，一家四口住三间瓦房。爸爸在乡渔业公司当船长，常年出海打鱼，是家里的主要经济来源；妈妈为了家里生活条件好一些，经常把张晶送给奶奶照看（那时还没有妹妹），自己则出去干扒海红、晒海带等零活儿。张晶后来听奶奶说，由于家里活儿多，奶奶也很忙，所以奶奶经常把她放在院内自己玩耍，不离开大人的视线就行。张晶也很乖，从来不哭，就在院内爬着玩，一趟趟往家里捡小石子，爬得身上都是黄泥。饿了，奶奶就给她喂一口地瓜。随着生活水平的提高，张晶有了玩具，也吃上了商店（供销社）卖的零食，最好的零食是方便面和五分钱一根的雪糕。雪糕那叫一个甜，至今她还回味无穷。还有两元五角一板的巧克力，一年只能捞着吃一块——太珍贵了，舍不得吃，掰下一小块尝尝味，就赶紧把剩下的包起来，留着再解馋。可是后来，巧克力都捂化在了包装纸里，张晶心疼地哭了。张晶还记得她捧着爸爸出海回来买的不倒翁和飞机模型爱不释手，小伙伴都过来围着看的场景，她那时心里别提有多美了。

有一次，张晶生病肚子疼，一吃饭就吐。那是冬天，渔船都回港了，爸爸也在家。张晶生病，急坏了爸爸妈妈。凌晨三点，爸爸就背着张晶沿着山路打着手电筒来到太平湾岸边的码头，乘坐俗称"老牛船"的"辽民3"号客轮去大连医院看病。那次生病让张晶感受到了深深的父爱。

后来张晶在海洋乡岭前小学念一年级，但只念了一个月，因为家搬到了圈里的西帮村孙家屯，就转学到西帮小学，在西帮小学念到五年级。因六年级要全部到设在盐场的乡中心小学就读，张晶又在中心小学念了一年，随后在长海五中读了三年初中。中考那会儿，爸爸身体有病不能出海作业了，张晶考虑家里的情况，想报一个能包分配的学校，毕业后直接工作，减轻家里负担，就选择了考电大，到县城上学。在校期间，张晶学习成绩优异，各方面表现优秀。从电大毕业时，学校原来的包分配计划取消，张晶就到大连工作。拿到大专文凭后，张晶辞掉了大连的工作，于 2001 年 2 月回到生她养她的海洋岛，投身于家乡建设。

张晶与村民座谈

二

2003年6月，第一次加入女炮班时，张晶从西帮村孙家屯步行三十多分钟，到八五炮连参加训练。初次接触威武霸气又神秘的八五加农炮，张晶充满了敬畏和好奇。她和女炮班的姐妹们在连队教官的指导下，训练开大架、装填炮弹、瞄准、发射等科目。正值酷热难耐的三伏天，她们身着迷彩训练服，别说训练了，就是站在太阳下的训练场一动不动也会汗流浃背。为了保证训练效果，尽快掌握火炮操作技能，她们在教官严格的要求下一遍又一遍地反复练习，人人都憋着一口气，动作不过关就不休息。

练习"飞车"动作非常危险。听说要训练这个科目，大家都挺打怵，但张晶压力不大。她身高一米六三，属中等身材，体重却只有九十斤。体重轻正是练这个科目的优势，不就是从车上往下跳吗？应该不难。可训练的车开到场地时，不仅别人傻眼了，张晶也蒙了！这么高的车，这么高的车帮，从上面能跳下来吗？慢慢比量着往下跳都难，还要在规定时间内完成"飞车"动作，怎么可能？大家面面相觑，手心里都捏了一把汗。

教官先给大家演示一遍，张晶她们认真仔细地观看，不放过任何一个细节，觉得好像也不是太难。但当她们上车，做分解动作练习时，一起身，还没跳，就连人带衣服挂在了车帮上。

真是看着简单做起来难，大家既紧张又着急，但不服输的劲头也上来了，教官能做到，我们为什么不能？只要认真跟着教官的指令学和练，一定没有问题的。一遍不行两遍，两遍不行三遍……姐妹们相互鼓励加油，所有人都憋着一股劲儿，谁都不想做拖后腿的那一个。

但谁又都不敢第一个跳。

在大家想跳又不敢跳的时候，班长张桂荣从副驾驶位置下车，攀到车厢里，鼓了鼓勇气，跳了下去。

张桂荣给大家带了个好头。

张晶更有信心了。可是在练习分解动作时，张晶也和别人一样挂在车帮上，磕得腿和胳膊全是瘀青，一活动就疼痛难忍。张晶对自己能否一跳成功，完全没有把握。

有没有信心是一回事，有没有把握又是一回事。

尽管非常努力，但女炮班的五个人，除班长张桂荣，没有一个人完成规定动作。

张晶试了试，还是没敢跳。

教官继续耐心讲解动作要领，边讲解边比画："上身探出车厢，头往下伸，手要触摸到车帮横梁处，脚尖儿踮起，整体重心下沉，身体顺势弹跳起来，快速从车内翻跳下去，双腿弯曲，双脚着地，站稳。"

张晶的脑海里浮现出连续的动作画面，一个步骤一个步骤连贯起来，形成了完整的动作。牙一咬，心一横，在大家目光的注视下，她翻过车帮，跳了下去。

好！教官给她鼓掌。姐妹们为她叫好。

张晶第一次跳，就做到动作连贯一气呵成，在从车上跳下去的瞬间，她什么都不怕了，内心的恐惧也烟消云散。

张晶给也大家带了一个好头。

剩下的几个姐妹们也一个一个地过了"飞车"关。

在以后的日子里，张晶和姐妹们通过刻苦训练，圆满完成了每一次训练和演习任务。当所有训练科目都熟练掌握之后，张晶回望最初的"飞车"训练，心想：当时敏捷地从车上跳下来的那个人，是我吗？

张晶第一次参加八五加农炮实弹射击时，听到班长下达"放"的口令，随后一声巨响，瞬间周围的草屑沙石腾空而起。因担心被炮声震聋耳朵，打实弹时大家都把嘴张开。这样一来，飞溅的草屑和沙石都呛进了嘴里，耳朵也震得嗡嗡响。大家真正领教了大炮的威力。看着弹壳带着火舌从炮膛退出，被高温烘烤的空气无比炽热，姐妹们仿佛经受了战火考验，但没有一个人害怕和退缩。

三

张晶于 2005 年结婚并退出女炮班。因岭后村于 2003 年 10 月并入盐场村，她不再担任村妇女主任，而是任长海县医疗保险管理中心医保专干，负责海洋岛居民医疗保险代办业务。十年后，第十四代女炮班组建之前，组织找张晶谈话。作为一名中共党员，要坚决服从组织安排，张晶再次加入女炮班。2016年2月，张晶调到西帮村党总支任副书记，专职负责党务工作。村干部的工作千头万绪，还要经常参加女炮班的训练和有关活动，张晶忙得需要经常加班。她的办公桌上有个记事本，她把将要做的工作和急需完成的任务一项一项记录下来，在保证军事训练的同时，也不影响本职工作。

时隔十年再次加入女炮班，张晶对女炮班有了全新的认知，最明显的是武器的更新换代——八五加农炮早就不用了。张晶和姐妹们训练过更多、更先进的武器，张晶深深地感受到新时代的女炮班是一支本领强、素质优的女民兵队伍，团结一心、积极向上、不怕苦、不怕累、爱岛爱国、无私奉献的炮班精神在姐妹身上体现得淋漓尽致。

张晶难忘在大连营城子比武时那段帐篷生活。进到山里，手机没有信号，水、电限时限量使用，条件很艰苦。她们每天凌晨三点起床，整理好内务，带上装备，打开手电，深一脚浅一脚地往海边的炮阵地走。当时是十月，凌晨的海边非常冷，可是没有一人退缩。那天高炮实弹射击，班长下达"放"的指令时，高炮出现了单管出弹的故障。炮弹已经发射了，但在一根炮管里，炮弹居然卡在炮膛里没出来！面对这种不可思议的突发情况，全班人员都非常冷静，没有一人害怕。故障随后排除，大家对高炮的"脾气"又有了新的认识。

张晶那时最挂念的是孩子。儿子刚上一年级，张晶外出期间，儿子的生活起居都是奶奶照顾，学习是楼上的好邻居宁老师照顾着。在山里住帐篷没有信号，张晶训练之余就会想起孩子，想他写作业、吃饭、睡觉、玩耍时的样子，有时也偷偷地掉眼泪。等训练任务结束出山了，张晶迫不及待地拨通电话，就听到儿子的喊声："妈妈，我想你了。妈妈，你什么时候回来啊？妈妈，我在家很听话，每天都按时完成作业……"听着儿子一连串喊着妈妈，张晶哽咽着说不出话来，眼泪瞬间流了满脸。

2015 年 7 月，第十四代女炮班刚组建，就接到迎接首长接见、为首长做射击表演的重大任务。在紧张训练一个月后，张晶脸晒黑了，人变瘦了，身上青一块紫一块，在摸爬滚打中终于掌握了双三七高炮的操作。可是距首长接见只有五天的时候，女炮班突然接到命令：改训双三五高炮。女炮班继续进行魔鬼式训练，每天早上四点半出发，经过一道道盘山路，伴随着浓浓的晨雾来到训练场上。

张晶负责高炮的发电任务。发电机放置在距高炮三十余米的后方。每次训练，全班人员首先"炮后集合"，分别跑到各自炮位站好。张晶是六炮手，听到命令后，就转身向后方的电站跑去。班长下达"放列"口令后，张晶要协助四炮手和五炮手脱去包裹电站的厚布衣，随后给班长一个手势，示意电站发电前准备工作已完毕。张晶面向高炮跨立站好，眼睛盯着班长，随时等着她下达"供电"的旗语指令。收到旗语指令后，张晶转身面向发电机，打开主开关，开始发电。由于电机启动后声音非常大，她们只能靠旗语传送指令。供电正常后，张晶给班长一个举右手的手势示意，班长立即指挥一、二、三炮手各就各位进行操纵。

负责发电的人体力消耗非常大。张晶九十斤的体重，背负近三十斤的装备，以最快速度不停往返在电站和火炮之间，高强度的训练使她两腿伤痕累累，双膝积液水肿，上下楼梯受限。爱人见了，非常心疼和不解，问她："你这是为了什么？"张晶强忍疼痛，笑笑说："女炮班精神！因为我是女炮班的一员，任何时候都要把个人得失放在最后，不能拖女炮班的后腿。"

即使浑身伤痕累累，张晶也一直坚持。

张晶两次参加女炮班，她在这个光荣的集体里学到了很多，是女炮班精神激励着她不断成长。虽然遇到过很多困难和挫折，但巾帼不让须眉，顽强的毅力和拼搏精神总会在最需要的时候爆发。虽然目前面临着工训矛盾和体能上的弱项，但是有女炮班精神的鼓舞和激励，她会在新的征程上，克服困难，不负使命，完成好各项任务。

张晶主持晚会时与西帮村党总支书记刘彩云（中）和驻村第一书记纪德刚（左二）等合影

四

张晶忙训练，忙工作，受影响最大的是儿子。当然更多的是正面影响。儿子名叫孙伟智，已经上高中了，曾经写过一篇文章，题目是《"超人"妈妈》。张晶看了，非常欣慰，也非常感慨。

儿子这样写道：

我的妈妈是一位会七十二变的"超人"。在训练时她是英姿飒爽的女民兵，在工作中她是大公无私、清正廉明的好书记，

和我
女炮班

在生活中她是上得厅堂、下得厨房的好妈妈。

我小时候，妈妈经常出差。那时，我觉得妈妈每次出去都要好久才能回来，现在想想不过短短几天。那时不知道妈妈外出干什么，只知道妈妈出差了，就没人辅导我写作业，晚上没人给我盖被子，早上没人给我做早餐。每天晚上我都不关灯，坐着向楼下张望，幻想着下一刻妈妈会突然回来。不仅仅是这些，因为妈妈太忙，我大多数时间是"放养"，为此我也学着做自己力所能及的事情。

从我上学开始，妈妈教我最多的就是学习。她为我讲题时挂在嘴边的经常是"不认真"。于是，我牢记妈妈教育我的话："认认真真做事，踏踏实实做人。"

妈妈说她是"三八女炮班"的六炮手，负责电站发电给高炮供电任务。这听起来不难，可看到妈妈身穿迷彩服带伤坚持训练的样子，我很心疼。妈妈的双腿膝盖红肿积液，上下楼梯都是横着走的，脸晒得黑又亮，胳膊腿上都是瘀青。我就问她："妈妈，你都这样了，别去了，天这么热，我们都在屋里吹空调，多好，你何必带着伤，穿那么厚的训练服，还得背那么重的装备去训练？"爸爸也不理解妈妈为什么这么执着，这么坚持。妈妈总是笑笑说道，我是女炮班的一员，女炮班缺一个人就不能正常训练了，我不能拖组织后腿。听到这里，我既心疼又骄傲，那一刻我理解了妈妈，我明白了她是在为守护祖国的边疆作贡献，妈妈你很帅的。

记得那年妈妈去营城子训练住帐篷，条件很艰苦。一去又是好多天，而且还打不通电话。那时我在老师家写作业，想妈妈时心里有种说不出的滋味，有时也会掉眼泪，可是为了让妈妈能安心在外面训练，我就想把好好学习和乖乖听话作为礼物到时候送给妈妈，我也要像妈妈一样坚强勇敢。

工作中的妈妈对待任何事情都一丝不苟。记得她说过："工作不是我一个人的，我做的每一件事都代表村里，尤其我是一名党员，无论做什么事都要以党员的身份和标准来严格要求自己，要起到带头作用，所以必须要做到最好。"妈妈从不计较个人得失，甘于奉献，加班工作是常态。就是这样一位力求完美的妈妈，有一次生病，足足吃了半年熬制的中药。妈妈没有因此而耽误一天训练和工作，她一边吃药一边工作，无论是环境整治、文明实践、走访慰问，还是疫情防控、纠纷调解等等，村里的大事小情都有妈妈的身影。就算是我去县高中上学，妈妈都因为工作太忙让我自己坐船去县里。虽然其他同学都有家长陪着，可是我一点儿也不羡慕，因为我知道妈妈正在为祖国为人民奉献着，我心里充满骄傲与自豪。

生活中的妈妈上得厅堂、下得厨房。她始终坚持节俭的生活态度。在购买日常用品时，总是仔细选择，关注品质和价格的平衡。善于理财，合理安排家庭预算，怕我乱花钱、经常教我如何储蓄并理解钱的重要性。教育我钱要花在刀刃上，要知道今天的幸福生活来之不易，挣的每一分钱都是血汗钱，要学会勤俭。我也渐渐明白了妈妈的用心。

妈妈是"超人"，也是我的好妈妈。妈妈是姥姥的好女儿，是奶奶的好儿媳，是爸爸眼中的好妻子。妈妈，我爱你，儿子已经长大，我为你点赞，我的好妈妈！

五

2021 年，村"两委"换届，张晶当选为海洋岛镇西帮村党总支副书记、村委会委员，在原来村党总支副书记的职务上又加了一层码。她和村"两委"班子成员一道，以"百姓事无小事"的工作理念，认真履行工作职责。她牢记自己是一名共产党员和党的基层干部，时时以党员的标准严格规范自我，以党组织干部身份约束自我，工作兢兢业业，勤勤恳恳，表现出强烈的事业心和高度的政治责任感。

张晶身体较弱，长期的高强度军事训练和繁忙的工作，使她本就不够强壮的身体经常被疾病纠缠。新冠肺炎疫情暴发之前，她就大脑供血不足、心悸，一直处于生病状态，在用中药和西药调治。因为突如其来的疫情令村民恐慌，张晶无暇顾及自己的病情，第一时间冲上工作岗位，入户摸排，入户宣传，告诉大家如何自我防护，消除大家的恐慌情绪……张晶始终坚守在防疫一线。就像儿子在那篇文章中所说，无论是环境整治、文明实践、走访慰问，还是疫情防控、纠纷调解等等，村里的大事小情都有张晶以身作则、走在前头的身影。

一分耕耘,一分收获。西帮村在村"两委"班子的共同努力下,各项工作都如期圆满完成,张晶在女炮班的训练和各项活动也没耽误。

作为村党总支和村委会的领导,张晶坚持原则,求真务实,以反对"四风"、服务群众为重点,严以修身、严以用权、严以律己,做到谋事实、创业实、做人实,努力树立为民服务的良好形象。她注重发挥班子整体功能,团结协调,扬长避短,做到分工不分家,既各负其责又形成合力。她自觉遵守廉洁自律各项规定,加强党纪党规学习,筑牢拒腐防变思想防线,自觉接受党和群众监督。她在工作中不为名不为利的品质、全心全意为人民服务的观念、客观公道的处事原则、耐心细致的工作作风、持之以恒的奉献精神、倾入工作的满腔热情,深受党员、群众的好评。

张晶走访调查

在列车上，张晶（左）与郭娇（中）和小王雪（右）

王雪

第十四代"三八女炮班"有两个王雪，都在海洋岛镇西帮村村委会工作。为了区分二人，媒体在报道时，1988年11月出生的王雪称"王雪（大）"，也叫"大王雪"；1989年10月出生的王雪称"王雪（小）"，也叫"小王雪"。

大王雪大专学历，2019年4月参加女炮班，任二炮手；小王雪2011年本科毕业，补位参加第十三代女炮班任二炮手，在第十四代女炮班任三炮手。

大王雪在训练中

我
和女炮班

一

大王雪非常喜欢的一首歌是《风雨彩虹铿锵玫瑰》：

"风雨彩虹铿锵玫瑰，再多忧伤再多痛苦自己去背。风雨彩虹铿锵玫瑰，纵横四海笑傲天涯永不后退……"

听到这首歌，大王雪就想起女兵。当兵，是多少女孩子的青春梦想。每当看到电视里有女兵的节目，大王雪都会被吸引。可惜没有走进军营的机会。那就当个女民兵吧！当民兵同样可以实现报国梦。这是随着年龄增长，结了婚，有了孩子以后的想法。

左一为大王雪

大王雪非常羡慕"三八女炮班"，走在上班的路上，经常看到身穿军装的女炮班成员，她特别羡慕人家，也特别羡慕那身帅气的军装。有时候想，如果我也能有机会参加女炮班，穿上那身军装，该有多好。但女炮班需要的人手有限，不是谁想参加就能参加的，她也只有羡慕的份儿。

没有想到，机会自己找上门来。

2019 年 4 月 17 日晚上，大王雪收到一个添加微信的请求。她一看，要求加微信的是牟苹丽，"三八女炮班"的班长。大王雪非常意外，心想，苹丽姐加我微信干吗？那个时候大王雪和牟苹丽还不是很熟，也压根就没往"好事"上想，只是出于好奇，就加了微信。

两个人开始聊天。

牟苹丽开门见山，问了大王雪几个问题，主要是对她的情况进行了解，然后直截了当地说："王雪，'三八女炮班'缺个人，我第一个想到的就是你。怎么样？你愿不愿意？"大王雪当即愣住，心想，真的吗？真的是我吗？我不是在做梦吧？大王雪没有丝毫犹豫，马上回答："我愿意，我愿意！……"生怕回答晚了，这事就"黄"了。

牟苹丽见她如此激动，笑着逗她说："王雪啊，你怎么一点儿都不矜持？"

班长可真幽默！

夙愿就要实现了，大王雪怎么"矜持"得了？

大王雪当时在人民保险公司下辖网点工作，家住西帮村。她特别爱好舞蹈，经常参加海洋岛组织的文体活动。牟苹丽能想到她，主要是看中她身体条件不错，文化程度也高，符合女炮班要求。

在接下来的聊天中，牟苹丽收起了幽默风趣的谈吐，非常郑重地告诉大王雪，加入女炮班并不像表面上看到的那么光鲜亮丽，训练很辛苦，不是那么轻松的，我们这些人都受过伤，都哭过鼻子，你要有思想准备。

大王雪还是毫不犹豫地说："苦过了才有好成绩，大家都不怕苦，我也不怕。我肯定能行！"

那天晚上，大王雪激动得睡不着觉。儿时从军的梦想没有实现，而立之年、为人母了却能穿上梦寐以求的军装。可以在训练场上展现飒爽英姿，能为保卫海防尽一份力，这是何等的光荣！

大王雪加入女炮班不久，就接到训练的通知。来到训练的地方，她特别好奇，东看看西看看，问问这问问那。对她来说，什么都是陌生的。她最好奇的就是接下来要训练操作的那台高炮。炮以门为单位，称"一门炮"。可在大王雪眼里，那就是一台炮，如同一台巨大的机器，底座很大，炮管细长，威风八面，神秘莫测。

大王雪不由得有些紧张。

紧张的训练也正式开始了。

　　大王雪加入女炮班时，第十四代女炮班已经组建了四年，别人都有了至少四年"兵龄"，全班只有她一个新人。她能很快追赶上大家的脚步吗？

　　压力巨大。

　　班长牟苹丽从训练大王雪的基本站姿开始。报数！刚开始，大王雪有些不好意思，站姿不到位，软绵绵的，报数时声音也不洪亮，不好意思大声喊。牟苹丽细心开导她说，刚开始都这样，要有勇气，别有顾虑，站直了，大声喊！

　　大王雪也想站直了，可是总感觉身体不听支配，手脚没处放；也想大声喊，可是声音从嗓子眼儿里出来，就变小了。说到底还是有点儿不好意思。大王雪怨自己，怎么就这么不争气呢？

　　姐妹们见大王雪这样，都没有不耐烦，而是一起安慰她，鼓励她，陪着她练习，大王雪特别感动特别欣慰。关了不拖大家的后腿，大王雪认真对待每个动作。一次，两次，她慢慢地进入了状态，也找到了自信。她想，既然加入这个队伍，就要放开了练，争取快点儿赶上大家，和大家一起"并肩作战"。

　　一天的训练结束了。时间虽然不是很长，但大王雪深切体会到了女炮班姐妹们的辛苦。过硬的军事素质不是一天两天能练出来的，她还要继续努力，做一名名副其实的女炮兵。

　　2020 年 8 月，女炮班接到通知，要到大连进行为期一周的训练。这是大王雪进入女炮班后的第一次外出训练。加入女炮班快一年了，经过艰苦的高炮训练，她已经成为能冲得上、打得响的"老兵"了；现在又要外出训练，见一见更大的世面，和外地的炮兵高手交流切磋，心里不免有点儿小期待。

时间紧迫，当天没有客船，她们就乘坐渔船出发。船上设施简陋，没有座位，船员室里只有两张单人床。大家起初是坐着的，船行驶到半途，风大了浪高了，船摇晃得很厉害，有人开始晕船甚至呕吐了。大家不顾形象，有的躺着有的坐着，挤在两张小床上，一个小时两个小时……晕船的滋味别提有多难受了。坐渔船到了大长山，紧接着又坐另一艘小客船赶到皮口。坐汽车到达大连入住的地方时，已经是傍晚了。

第二天一早，大家穿戴整齐，坐大巴来到训练地，大王雪知道，更大的挑战开始了。

在此地训练的不止"三八女炮班"，还有男民兵。当大王雪她们到达训练场时，男民兵们已经在训练了。训练场上喊声四起，民兵们奔跑腾跃，空气中充斥着大战将临的紧迫感。大王雪被这气氛深深地感染，不由得紧张起来。

大家简单熟悉了一下训练场地，班长开始喊口号，全班开始了操炮训练。因为平时训练过，所以此时训练起来没有那么困难，操作起来轻车熟路。

练了一会，指挥部指派一位男兵班长来教女炮班操作伪装网。伪装网是用四根铁棍撑起来的，要从炮后向前推送，将炮遮盖隐蔽起来。这么简单的操作，还用教吗？看一眼就会了。大王雪当时就是这样想的。

后来回想，推送伪装网，是看着简单，操作起来难，难在开始没有把其他因素考虑进去，眼里只有"网"。

按照分工，由大王雪和小王雪、郭娇、张欢四个人操作伪装网。一张大网，四个人分头举起支撑网角的四根铁棍，从炮后向前推送，覆盖全炮，就算完成任务。虽然任务不算太艰巨，大家还是非常谨慎，生怕出错。

但还是出错了。

大家的注意力都在伪装网和手中的铁棍上，谁能想到脚下有"绊子"？地面看上去是平的，但是铺满了小石子。当天风也很大，伪装网撑起来时，网在风中飘舞并向顺风的方向偏移，四个人需要用力握住手中的铁棍和风角力，才能保持伪装网的平衡，继而向前推送。这已经和看别人操作时大不一样了。这个时候，大家都眼睛朝上，观察网的形态变化，要用伪装网将高炮彻底地盖住，要一次性成功，谁还会特别注意脚下？

第一个摔倒的是张欢。向前迈步的时候，路面的石子被带了起来，高出路面，成了"绊脚石"。张欢摔倒在地，腿摔出了瘀青。为了不影响训练，张欢强忍着疼痛，一遍一遍地说着没事，继续训练。

第一次操练因为张欢摔倒而宣告失败。伪装网没能盖到炮上。第二次操练，为了一次性成功，班长牟苹丽让她们吸取第一次的教训，改变动作方向，并且要提升双腿的灵敏度，注意安全！

　　第一次操练，张欢摔倒的时候，大王雪看在眼里。个人受伤痛苦还是小事，影响整个训练才是不能原谅的。她看到了张欢自责的神情，心想，我可不能步张欢的后尘。谁能想到，越是怕什么越是来什么，还是地面的原因，第二次操练时大王雪也摔倒了。她当时脑子一空，双膝一下子跪在了石子上，疼得眼泪都出来了。掀起裤子一看，膝盖肿成了馒头，瘀青的面积很大，大王雪疼得特别想大声哭。可是，训练哪有不受伤的？张欢受伤了还坚持训练，自己要是哭了，算什么？太丢人了！

　　大王雪强忍下哭声，一边擦眼泪，一边慢慢地站起来。这时候，班长她们赶了过来，直问大王雪要不要紧，有没有摔坏？要不要休息？大王雪咬着牙说，没事，班长，我没事！我能坚持！

　　两次操练失败，两人受伤，再训练时大家都非常注意。但地面的"陷阱"防不胜防，第三次操练时小王雪也摔倒了，整个人平躺在地面上缓解疼痛。

　　一连三个队员受伤，班长崩溃了。训练任务延迟固然重要，队员受伤更令班长不安。好在大家都很要强，即使受伤了，还是坚持完成了一天的训练。

　　这次外出训练，大王雪感受颇深。虽然训练单调乏味，每天重复着同样的内容，还受伤了，但大王雪觉得收获巨大。因为这次训练不但锻炼了身体，还锻炼了意志，她感觉非常充实。

　　一周的训练很快落下了帷幕。大王雪深深体会到了作为"三八女炮班"一员的责任和作为国家后备军事力量的荣耀。

后戴帽子者为大王雪

大王雪在执勤

二

小王雪加入女炮班之前在海洋岛一家超市工作。

2011 年的一天，"三八女炮班"班长逢晓丽突然到超市找小王雪，问她想不想参加女炮班。

小王雪当时有些蒙，因为她刚回海洋岛不久，对岛上的情况了解很少，还不知道有个"三八女炮班"。

也难怪，小王雪才二十出头，并且多年在岛外求学，对岛上的情况缺少关注。

全副武装的小王雪

她当时问了一句："什么女炮班？"问完又有些后悔，因为不仅显得自己孤陋寡闻，又好像女炮班知名度不高似的。其实别说在海洋岛，在全国，"三八女炮班"都有很高的知名度，只是她没有关注而已。

逢晓丽跟她说了女炮班的情况，想吸收她参加，这和她学历高及平时为人处事表现好有关。在超市工作，讲究个服务态度，小王雪自然有很好的声誉。

既然逄班长如此看重自己，那还有什么可说的？

小王雪当即答应了，说："加入呗！"当时她并没有特别激动，但隐隐感觉，自己的人生会有变化了。

一个月后，王雪正式加入"三八女炮班"，成为第十三代女炮班的补位队员。

小王雪刚加入女炮班一个星期，就接到通知开始训练——练双三七高炮。小王雪是二炮手，即瞄准手，负责瞄准和击发，这个岗位可以说是要多重要有多重要。小王雪感觉压力很大。

因为小王雪是女炮班的新人，教官就一对一地教她基本操作。毕竟书读得多，人也聪明，加上训练用功，王雪军事素质提高很快，成了响当当的二炮手。

四年后第十四代女炮班组建时，牟苹丽当班长，小王雪继续留任，当三炮手。过了一年又一年，小王雪在女炮班已经十二年了，是名副其实的老兵。

从一个懵懂少女走到现在，小王雪非常骄傲，训练的艰辛，付出的汗水，浑身的伤痛……所有的经历都是财富。参加"三八女炮班"，使小王雪有了一生的成就感和归属感。

小王雪喜欢做"美篇"主页，以日记的形式、散文化的语言记录训练的点滴，还有表现训练场景的精美插图，文图并茂，给人赏心悦目的感觉。

下面是小王雪"美篇"中的一段文字。

时间在流逝，炮班已经许久没有训练了，大家都在忙碌着工作。翻开手机图片看到训练时的我们，一个个都是女汉子。

再看上班时的我们，个个都是英姿飒爽的花木兰。回想女炮班的故事，就从亲身经历说起。青春热血总是留在岁月里，在炮班很多年了，不再是当年任性的小孩儿啦！我们每次面对既劳累又充实还带着快乐的训练，在训练中酸甜苦辣样样少不了，当然苦中有甜，甜中有苦，就拿2015年10月在大连集训时亲身经历的事来说吧。

10月中旬我们正式出发，坐船，乘车，来到了大连某部队招待所。我下车一看瞬间茫然了，因为有好多民兵而且都是男生，忙忙碌碌中我看了看环境，就我们女炮班是唯一的女民兵班。到了住处后安排房间，我们一个一个拖着行李箱往楼上爬，那时我在想，集体生活开始啦！带有小兴奋的我爬到了四楼后，回头看到男民兵往上爬的样子，只想开怀大笑！多么有劲儿！过了一会儿我们到了房间。一个房间住四人，我们分两个房间，我和三炮手、一炮手、班长住一起，其他四个人住一起。班长告诉我们收拾好后准备下去吃饭，我们迅速地收拾好，穿着迷彩服下楼吃饭。当我们踏入食堂时，食堂里有好多人，都在看我们。我们依次拿着餐盘排队打饭。这是我第一次体会集体的生活（上学的时候不算）。

吃完饭后，我们接到通知，下午开始训练。我们就上楼休息一会儿，下午一点半准时到训练场，看到六门高炮，我们有点儿"蒙圈"。他们的高炮跟我们的高炮不一样。这时参谋长来了，跟我们讲解了高炮操作要领。全体集合后参谋长分配训练内容，接下来各班带到炮位进行训练，而我们在慢慢熟悉新炮。观看他们训练，我惊讶了，他们起炮是直接扔过去，那样速度很快，但不是很安全。看见男生嗖嗖几下完成了操炮过程，我们愣了，随后我们也按照他们的套路进行操作，一天就这样过去了。

第二天我们六点半起床，还有跑操。清晨的天不是很好，跑了一圈天就下起了小雨，我们急速地各班带回。训练期间几乎每天都是这样。有一天下午我们分开训练，班长带领我们一、二炮手去一个模拟训练场，让我们练习追踪目标。到了场地什么都没有练到，上炮还没找到头绪，天阴阴的还伴着雷声，突然间大雨哗哗下，雷声很大，伴有闪电，当时的电闪雷鸣让我很害怕，这是我最害怕的一次。班长看我害怕，她还笑我。不一会儿我躲到了班长的身后。过了一会儿天放晴了，我们登上大解放车回去了。

这几天的训练，我感觉他们操炮的基础很扎实，操作速度很快，听说他们也是老炮手。经过和他们几天的训练，各班都有过接触和帮助。时间越来越近了，通知说11号凌晨我们大批部队准时进某训练基地。就在出发前的最后一个下午，连长、参谋召集全体集合，开会分配各项工作。都安排好后，我们进行高炮伪装，明早拉炮到基地。晚上我们也开了个小会，班长讲了一些安全和收拾行李方面的问题，每个人还发了一个行军背包。我在想，这就是面临进军的状态吗？当时心情自我感觉一个"酷"。第一次参加这样的演练，我有些兴奋，晚上就给行囊打好了，还和她们闹了好久。总之和她们一起就是开心。

凌晨四点钟我们背着行囊拿着行李准备下楼时，看见男生们在忙碌地装车。陆陆续续到训练场，六辆大解放车照亮训练场，各班按顺序登车，差不多五点我们正式出发，前往营城子基地。我们的形象没有妆容只有素颜，男生们各种睡姿。天渐渐亮了，一路上奔波的我们也即将进入营城子基地的大门。那一刻看到外面的风景是那么怡人。我们的车队行驶上山路，进入山区，我们看到了一个辽阔得看不到头的训练场。那里的风很刺骨。训练场前面是一望无际的大海。下车后，我看到一百多门炮，各种高炮密密麻麻。我在想，打实弹的场景是不是很震撼？隆隆炮声在全场回响……很期待那天的到来……

我们到目的地后，就开始忙碌着一直到中午，所有的工作都完成了，各班帐篷也都搭架好啦。收拾完毕后，下午我们就组织训练了，到训练场整理各班的高炮。当我们队伍走进训练场那一刻，我看到的场景是多么地壮观！全省各个地区的民兵都在。这是我进炮班四年以来第一次参加这样的集训，我感到很荣幸，这样的训练可以锻炼一个人的意志和耐性。

就这样我们开始野外生活。这次演练有很多任务等待我们完成，晚上集体在帐篷里开会，连长和参谋长主持开会安排这几天训练内容和考核内容，我们认真听他们讲考核流程。散会后我们都回到自己的帐篷里躺下休息，有的看手机，有的都睡着了。两天后，训练回来大家都有点儿疲惫，吃完饭就进帐篷休息了。就在我准备洗脚的时候，参谋长到我们班让一、二炮手现在去考核场，而且让我们快点儿。我和一炮手急匆匆地穿好衣服跟参谋长去考场。那天晚上很冷，没有月亮，我们什么都没带，也不知道前面的路况。我们俩一片迷茫，跑步跟随参谋长的步伐，也不知道是怎么跑过去的，远看只有灯光照着考核区，路上什么都看不到。跑着跑着我脚一下踩空了，掉进坑里，把我的左脚脖子崴了。当时我一下坐在了坑里，脚很疼，一动不敢动，眼泪都湿润了眼眶。一炮手问我能动吗，我说让我缓一缓，我自己捂着脚脖子动了动。参谋长问我怎么办，能考吗，我说能考。没想到的是司令员他们也在那里，正巧遇到了。司令员问发生什么事了，看到我在那里问我脚怎么了，我就告诉他不小心掉坑里把脚崴了。司令员问严重吗，不行去找医生看下，我说不用。过了一会儿，参谋长又问我可以考吗，我回答说可以。当时我什么也没想，忍着疼坚持考核，一炮手扶着我走到了待考区。

半个小时过去了，考官开始验证身份并抽签。我们抽到了三号，走到待考区，准备考核。那晚很冷。班长听说我脚崴了，让男生给我俩送棉袄和云南白药。我心里很感动，只是没有表现出来。穿上棉袄后我静静坐在那里看着别人考核。当时心情很纠结，加上我的脚走路不得劲儿，心里没有数。考官喊道"三号"，我们起立脱下棉袄整齐地向前走去。考官下命令炮后集合，就定位，我俩同时上炮。在炮上考官让我们试练一次，然后进行考核。我们配合搜捕目标寻找屏幕上的飞机，然后踩击发。考完我们同时下炮，考核结束！我们俩轻松了好多，结果我们考了八十五分，自我感觉良好！我们俩往回走，眼前黑乎乎的，都不知怎么走出那个"险恶"的场地。

第二天早上我们起来收拾好后，准备集合去训练，没想到的是司令员来了，问我脚好点了吗，我回答好多了。司令员又说，派车送你到训练场吧，我说不用。我跟着队伍一起走到训练场，训练中司令员他们也在看我们训练。快到中午要收队了，司令员又来跟我说，给你派车送回去吧，当时我在清理炮盘，我转身回答司令员不用，我还是"跟组织在一起"。就这么一句话司令员竟然记住了！如果我跟司令员他们的车回去，我的战友们怎么办？哪怕我在那里不训练，我也只想和她们在一起，要走就一起走，我们是一个集体，她们也很累。所以组织在哪我就在哪。

就这样，一切都成了一段难忘又快乐的回忆，也让我懂了很多。有句话说得好：不忘初心，方得始终；初心易得，始终难守。这句话告诉我们做事要始终如一地保持最初的信念。

王雪现在是西帮村村委会一名办事员，主要负责工会、环保、医疗、养老保险等工作，忙碌而充实。

家人都很支持小王雪参加女炮班，特别是奶奶。小王雪每次训练回来，感觉特别累的时候，奶奶就对她说："不论做什么都要坚持，不能半途而废，要好好地做，要做好。"奶奶每次看到小王雪穿上迷彩服，就会眉开眼笑，说："孙女穿上这套衣服，就是神气！"

小王雪和奶奶

小王雪与火炮合影

小王雪（左一）和姐妹们

208

郭
娇

　　郭娇，1989年2月出生，大学本科学历，2014年补位加入第十三代"三八女炮班"，后担任第十四代女炮班四炮手。现任海洋岛镇人民政府综合办公室文书。

郭娇在辽宁时代楷模发布厅

一

郭娇的母亲曾经是海洋岛幼儿园的老师，父亲是一名普通工人。郭娇从小学到初中，学习成绩在班级属中上，在县里读职高的时候是舍管干部，在大连上大学时是系里的学生会干部，多次组织并参加各种活动。大学期间曾获得过大连市三好学生奖学金、学习优秀生奖学金和辽宁省三好学生、辽宁省优秀毕业生等荣誉称号。

2011 年大学毕业后，郭娇在大连工作了两年。2013 年 10 月海洋乡招考雇员，郭娇报考并被录取，任乡政府文书，一干就是十年。

当兵，是郭娇从小就有的梦想。从大连回到海洋岛，回到生她养她的这片土地，她感觉自己所学的文化知识有了用武之地，尤其是有幸加入了"三八女炮班"这个光荣集体，成为一名民兵炮手，和驻岛部队一起训练，也算是走进军营，圆了自己当兵的梦。

刚加入炮班的时候，郭娇二十五岁，还是个小姑娘。女孩子都爱美，训练难免磕着碰着，在大太阳底下摸爬滚打，皮肤很快就晒黑了。训练再苦，皮肤晒得再黑，父母也从来没有说你一个小姑娘，得爱美呀，得好好打扮呀，晒黑了多难看呀，更没有让郭娇放弃。倒是郭娇自己有点儿不好意思了。父母把自己生得白白净净，给自己取名郭娇，也是想让自己像一朵花儿一样娇艳美丽，可训练了没多久，郭娇的形象就大变样，再也"娇"不起来了。

好嘛，晒黑了更健康。郭娇感觉，在训练高炮操作技术的同时，自己的身体素质也更棒了。

良好的家庭环境和家风家教，奠定了郭娇健康成长的基础。父亲作为一名党员，凡事都带头，村里的工作，父亲都积极配合，踊跃参加。郭娇很小的时候，父母就教育她，做人要诚实守信，做事要有始有终，不能遇到困难就退缩。受父母影响，郭娇读书用功，工作勤恳，真诚待人，再苦再累的军事训练，她都能从容应对，从未有过退缩的想法，更没想过放弃。

右二为郭娇

和女炮班

和女炮班一同成长，郭娇从无牵无挂的女孩，变成需要担负更多责任的人妻人母。因为工作和训练繁忙，郭娇直到2018年才结婚。儿子两岁多时，郭娇随女炮班出岛执行训练任务。那是有孩子后的第一次出远门，怕孩子哭闹，就没有和孩子说外出的事。在大连期间，郭娇和儿子视频，儿子竟然不理睬郭娇，一连线视频，儿子就给挂掉；再接通，又给挂掉。

儿子这是生气了，生气妈妈没有告诉他外出执行任务的事。

小小年纪，脾气挺大。郭娇又心疼又好笑。

从那以后，郭娇再出岛，就会提前告诉渐渐懂事的儿子，并叮嘱他一些事情。儿子貌似理解，点头答应，眼睛亮亮地看着郭娇。那种依恋、不舍和无奈，令郭娇心酸。而到了外地，和儿子连线视频时，儿子从来不说想妈妈，只是眼睛亮亮地盯着屏幕，眼神里有委屈、期待和盼望。不用语言表达思念，这也许是男孩和女孩表达情感的不同方式吧。如果儿子在视频里哇哇大哭，那才让郭娇心碎呢。

郭娇每次外出执行任务前，都会把儿子送到父母家，让父母帮着照看。郭娇从外地回岛之前，儿子会特别着急地从姥姥家回到自己家，焦急地等母亲回来，以至于郭娇下船回家，第一时间就能看到儿子。儿子向她扑来，却又不说什么，只有郭娇问他想没想妈妈的时候，儿子才有些羞赧地说想妈妈了，然后亲亲郭娇的脸庞，完成母子相见的"仪式"。

郭娇对家庭、对孩子有很多照顾不到的地方，但无论婚前

还是婚后，郭娇的父母、公婆以及爱人从来没有因此埋怨过她，
更没有让郭娇选择家庭而放弃女炮班。家人是郭娇可以全身心
投入到女炮班训练的坚强后盾，郭娇非常感谢他们的支持。

二

第十四代女炮班于 2015 年 7 月 7 日组建，7 月 23 日便拉开
了训练的帷幕。

这次训练时间很长，训练场地也从山下的水泥地转移到山
上高炮二连的炮阵地。

海洋岛的夏天多雾。训练的第一个月，每天都是大雾弥漫，
山顶雾更浓，像是给山尖戴了一顶帽子。她们从早到晚都在山
顶奔波，在雾中穿梭，山下的情景一无所见，真有腾云驾雾的
感觉。虽然没有烈日炙烤那样令人难耐，但浓雾造成的困扰也
使她们饱受折磨，空气都仿佛稀薄了，还黏糊糊的，每呼吸一口，
都极不舒服。也没有风，哪怕吹来一阵小风，吹淡浓雾，换一
换空气，送来一点儿凉爽也好。

她们在时淡时浓的雾天里艰苦训练了一个月，疲累无比，
每时每刻都有喘不上来气的感觉。

这次训练，最初练双三七高炮。郭娇加入女炮班还不到一年，
这是她第一次操炮，有很多不会不懂的地方，但更多的是好奇，
好奇炮上的一切，哪个地方都想去摸一摸、动一动。虽然只是

常规的操炮训练，但也存在着一定的危险。教官在正式训练她们之前，就把注意事项说清楚。接下来，教官不辞辛苦地教，郭娇等几个新成员虚心刻苦地学。从不懂到懂，再到熟练操作高炮，整个学习过程让郭娇兴奋。她能驾驭威武霸气的高炮了，灵活地操纵着高炮，仰望万里蓝天，每次转动航路，都如同参加实战，面对来犯之敌。她掌握了一项绝大多数人不会的技能，这技能是可以用来歼灭敌机、保卫祖国海防和领空安全的。这种成就感真是难以言表。

意想不到的变化发生得非常突然，此前很多人很多文字材料都提到过，就是郭娇她们训练了一个月的双三七高炮，可以说已经掌握得"滚瓜烂熟"，就等迎接首长检查了。可是距首长莅临海洋岛只剩五天时间时，女炮班接到通知——训练内容由原来的双三七高炮改为双三五高炮！

五天时间！

队员们一个个呆若木鸡。

女炮班从未接触过双三五高炮，不管是老队员还是新队员，都对双三五高炮非常陌生。但军令如山，即使大家心里没底，还是努力训练，除此之外没有别的选择。五天时间，能练出什么水平？只能是争分夺秒，夜以继日，尽最大努力，练出最好成绩。

这是多么宝贵的五天，又是多么艰苦的五天！为了能够同连队更好更快地协同一致，女炮班的所有人和部队战士一样，起早贪黑，早上四点多起床，六点多上山，进行无休无止的训练。说也奇怪，天气翻脸真快，之前连续多日的浓雾不见了，可谓"云开雾散"，替代浓雾的是如火烈日。是老天在"眷顾"她们，检验她们毅力和意志的极限吗？骄阳似火，天空没有一丝云彩，热浪铺天盖地。郭娇她们每天头戴钢盔，身着迷彩服和笨重的军靴，背着手榴弹、水壶和步枪，就像要上战场的战士一样。带着沉重的作战装备，别说奔跑，别说操炮，连肩都抬不起来了，肩头都被压出了血痕。这一刻，郭娇才深知当兵的不容易。

郭娇负责压弹递弹。8月的天气，顶着三十多摄氏度的高温，太阳把炮弹晒得烫手。为了在短时间内达到男炮兵的压弹、递弹速度，郭娇没有丝毫犹豫，直接上手搬炮弹，烈日下一遍遍练习，双手烫得火烧火燎，紫红一片，像全身的血液都集中在手心。

最终在首长检阅的时候，郭娇压弹、递弹的速度与男炮兵保持同步，操作堪称完美。首长高度赞扬女炮班，也对郭娇的出彩操作给予充分肯定。

那一刻，郭娇觉得，训练中吃再多的苦，流再多的汗，都是值得的！

之前受的所有苦，此时都变成了蜜！

三

训练双三五高炮时，郭娇还负责拖电缆。这项任务看似没有多少技术含量，做起来好像也没有难度。

郭娇开始没太当回事。

从电站到火炮的距离有四五十米。单根电缆一只手可以握住。郭娇看到是两根电缆并排在一起的时候，稍微迟疑了一下，但还是觉得这个活儿不难，不就是"拖"吗？虽然郭娇体重不足百斤，但自觉力气还可以。然而郭娇拖着电缆奔跑的时候，才发现与预想的截然不同。开始拖电缆头，感觉很轻快。随着拖拽，电缆一圈一圈展开，郭娇身后的电缆越来越长，之后的重量随时递增，越拖越沉，郭娇被电缆拖拽得已经跑不了直线了，她自己都知道，电缆在身后的地面晃动成 S 形，那也是郭娇奔跑的路线。两点之间直线距离最短，郭娇当然懂得这个道理。但当你拖着电缆奔跑时，就说不上是你拖电缆，还是电缆拖你。你想跑直线，电缆拽着你，趔趄跟跄之下，脚步朝哪个方向迈，已由不得自己。

郭娇使出浑身的力气拖，也还是东一头，西一头。

用炮班姐妹的话说，郭娇哪是在拖电缆跑，那是在画龙！

事后想想，郭娇也为训练时的这个小插曲感到好笑。

训练期间，郭娇印象最深刻的是头上戴的钢盔太沉太大。钢盔是从部队借的，郭娇戴上去的时候，钢盔在头上晃来晃去，一跑起来就东倒西歪，不用手去扶着，随时可能掉下来。烈日下，郭娇她们身着长袖迷彩服，背着作战装备，被装备挤压的迷彩服也早已被汗水浸透，不用拧就可以出水！在这种情况下奔跑，又要管理不听话的钢盔，郭娇手忙脚乱，苦不堪言。

郭娇的窘状被连队炮班的张班长看到。戴钢盔也是有学问的，张班长给郭娇调整了钢盔。具体是怎么调整的，郭娇不知，但钢盔在头上老实了，不再肆无忌惮地晃动，只剩下一个沉。

张班长在给郭娇调整钢盔的时候，他额头上的汗已经不是在流，而是像下雨一样刷刷地往下淌！高温之下，汗水砸到地面就直接被蒸发得无影无踪！那一刻，郭娇被深深地感动了！什么叫作"集体"？女炮班的姐妹和高炮二连的官兵就是一个大集体！

这算是训练期间的又一个小插曲吧。

四

2015 年 10 月，女炮班转战大连参加实弹射击比赛。早上四点半，郭娇她们就带着自己的背囊，坐在部队 141 大卡车的后斗里，一路颠簸。训练场一片荒芜，电话也没了信号。

在这里，郭娇她们还体验了帐篷里的集体生活。那个大帐篷，白天被太阳烘烤着闷热，晚上气温下降后又冷得冻人，睡觉都要穿很厚实的衣服。早上三点半起床洗漱，之后列队带到比赛场地，每天叫醒她们的不是闹钟，而是轰轰轰的炮声。

在训练场，郭娇她们训练双三七高炮。双三七高炮所有的考核科目都是计时的。女炮班要做射击前的准备，包括放列撤去、对火炮归正水平、标定等。班长牟苹丽下达口令："标定！"，三、四炮手就从炮盘上快速跳下来，通过小扳手对一、二炮手瞄准镜上的螺栓进行调整，使两个瞄准镜中的"十字标尺"同时锁定目标，这样在实弹射击的时候才会更精确地瞄准目标。

郭娇是四炮手，负责调整二炮手大王雪瞄准镜的高低；三炮手张晶负责调整一炮手王晓凤瞄准镜的左右。当班长下达口令后，郭娇和张晶要在规定时间内完成对瞄准镜的调整。

之前的训练一直都很顺利，但在"标定"这个环节中，郭娇却出现了问题。当时张晶已经调整好了王晓凤瞄准镜的左右，郭娇却始终调整不好高低，瞄准镜中的"十字标尺"总是不能重合。越是着急抢时间，手里的扳手越不听使唤，来来回回调整了三四次，瞄准镜中的"十字"也对不上。这时王晓凤在炮上说了一句："能不能快点儿？男炮班都调好了！"本来就着急的郭娇，火气腾的一下就上来了，语气很冲地回了一句："我不着急啊？这不是在这调么！"

吵了几句，大家心情都不好，操作也没在规定时间内完成。

下训后，大家坐在一起，探讨训练中出现的问题。郭娇和王晓凤又说到了训练场上争吵的事情。其实她们都是为了集体荣誉，彼此之间没有矛盾。女炮班本就是一个集体，每一个个

体都要对自己负责,对炮班负责,
大家的本意都是集体至上、炮班
至上! 不管训练场上吵得多凶,
训练场下依旧是好姐妹。

那是郭娇参加女炮班后第
一次打实弹,打实弹就是检验训
练成绩。郭娇并没紧张,更多的
是兴奋。站在炮上,听着四周都
是轰隆隆的炮声,郭娇觉得特别
刺激,特别震撼!

郭娇在训练

这一刻,训练中的艰辛和为训练而发生的争吵,都在隆隆
炮声中烟消云散。

五

郭娇是四炮手。双三七高炮四炮手的职责之一是装定航路。
装定航路的好坏,关系到火炮的射击精度,所以训练要求非常高。

训练的飞机模型只有十几厘米宽,既定距离却有二三十米。
班长在教练器上装定一个角度后,一、二炮手转动火炮搜索目
标,同时四炮手要在火炮上观察教练器上的航模,转动航路,
要求火炮上的航路方向、角度与教练器的航模一致。误差越小,
精度越高,在实弹射击时击中目标的概率就越大。

　　这个科目，对于视力好的人来说难度会小些，偏偏郭娇的视力不好，不仅散光还近视。为了练好装定航路，缩小误差，郭娇在训练场上顶着大太阳，一遍一遍练习、熟悉航模在空中的角度位置。因为训练时总是盯着一个地方，时间长了视力就模糊了，所以郭娇眼前经常一片"迷雾"。

　　郭娇深受煎熬。本来就相对弱视，再加上长时间的练习，眼睛越来越看不清目标，装定的航路一次比一次误差大，郭娇越练越没信心。

　　怎么办？炮班的姐妹们帮郭娇想办法。眼神跟不上，那就靠脑子吧！姐妹们让郭娇仔细揣摩航模在空中时各个角度的形态，毕竟和单看航模的头尾相比，看航模整体还是要容易些。就这样，郭娇将教练器调低，将航模放在教练器上不停地转动，去记忆航模每一个角度所呈现的状态。一天的训练结束后，郭娇把航模模拟器带回家，自己在手上转动，以便更快地去记忆。

　　连续几天的观察和实操，郭娇终于可以准确无误地装定好航路，虽然偶尔也会出现偏差，但都在标准范围内。

　　再后来，郭娇每一次装定的航路都非常准确，郭娇的心情也万分激动。在视力模糊的时候，郭娇曾万念俱灰，所以当郭娇通过记忆等各种辅助手段攻克了装定航路的难关时，她怎么能不激动万分？

　　有人说过：有付出就会有回报，每一滴汗水都不会白流。

　　郭娇对此深有感触。

六

还是说说 2015 年 10 月的事。

天气已经转凉，郭娇她们结束了在教导队四天的生活，12 日凌晨四点半，转战训练场。

因为女生准备的东西比较多，凌晨三点，郭娇她们便起床收拾，将自己的行李、脸盆、拖鞋等日常用品都打包装到背囊中。四点在食堂吃饭，就像是送老兵退伍一样，食堂凌晨煮饺子。她们草草吃过比夜宵稍晚些的早饭，穿着厚实的军大衣，戴着钢盔，背着半人高的行囊，拖着装满物品的皮箱，一班人打着手电，列队等着上车。

郭娇体质相对娇弱，沉重的背囊压得她肩膀又疼又麻，腰也弯得直不起来，如果非要直起腰来不可，沉重的背囊会把她拽得向后仰去。所以她只能弓着身子，才能勉强维持全身的平衡。不用看，也不用别人说，郭娇自己就能感觉到她行走的姿势有多狼狈和滑稽。

四点半开始登车。先将背囊和皮箱装到车里，然后是人。郭娇跌跌撞撞爬上了被油帆布蒙着的大卡车。车上不止有郭娇她们一班女民兵，还有别班的男民兵。一车人相互挨着，坐着小马扎，摇摇晃晃地出发了。大卡车后面拖着的女炮班的双三七高炮，也随着卡车颠簸摇晃。天依旧黑，空中繁星眨眼，车内冷风拂面。一路颠簸，睡睡醒醒，历经三个多小时，女炮班终于到达目的地——训练场。

都说海洋岛地处偏僻，可到了营城子郭娇才知道什么是真正的偏僻！不仅偏僻，还特别荒芜，郭娇可真是见了世面！

刚到场地，还没来得及喝一口水，郭娇她们便开始了野外训练生活。卸下火炮，一班人分成两队，一队回住宿基地搭帐篷，另一队在海边训练场固定火炮。郭娇被分在固定火炮的队伍中。

第一次参加实战训练和演习，射击前准备工作的第一项竟然是要在地上挖一道有半条小腿深的十字沟，挖沟期间还要不断地来回挪动重达两千五百多公斤的火炮，以确定十字沟的大小和位置是否合适。这是郭娇从来都不知道的事，炮兵需要掌握的技能还真是多呀！可是，这活儿谁会干？

她们互相瞅瞅，都直皱眉头。

看看别班的男民兵，又是拿铁锹，又是抢镐头，还有拿着纤维袋去海边找石头的，分工明确，有条不紊，动作娴熟。郭娇只感觉眼花缭乱，目不暇接，却不知道应该如何上手。

她们也没有工具啊！

于是她们和男炮兵商量，采取换工互助的方式，郭娇她们负责到海边捡石头，男民兵负责挖十字沟。

于是郭娇她们四个女生拿着纤维袋去海边的沙滩上捡石头。本以为捡石头是一件相对容易的事，结果却不然，偌大的沙滩，找些石头本来就不容易，何况郭娇她们要和所有参加射击比赛的班一起找，而且要找的石头体积不能太大，形状不能太怪，要平面的，精致小巧的。这比挖十字沟难度大多了。

郭娇她们每捡大半袋石头，就往回送一次。来来回回、每个人往阵地送了四五趟石头，一个个累坏了。

终于用石头将挖出的十字沟填好，用大锤一顿砸，火炮终于可以稳稳地固定了！

固定了火炮，就可以训练、射击，一切障碍全部清除，等待她们的将是全新的开始。

后面的故事，很多文字资料已经记载过，包括搭帐篷、住宿、用水和用电的各种不便，以及艰苦的训练和期待已久的实弹射击……

那是郭娇参加女炮班后第一次外出执行任务。接下来又外出多次，任务各种各样，都完成得非常好，但是 2015 年 10 月营城子靶场的高炮训练和实弹射击，却在她心里留下终生难忘的记忆。

有一个画面，经常在郭娇的脑海里浮现——到营地第一天的晚上，她们住在自己搭的帐篷里，白天被太阳烘烤得闷热的帐篷，到了晚上被海风一吹又变得冰凉。大家以苫布作地毯，都穿着厚实的衣服，躺在窄小的床上，盖着轻薄的被子，疲惫地进入了梦乡……

张
欢

　　张欢，1988年6月出生，大专学历。2020年6月加入"三八女炮班"，任机动炮手。

张欢在辽宁时代楷模发布厅

一

张欢家住盐场村北二屯。

2020年初母亲患病，当地医院难以诊断，张欢要领母亲出岛检查。

当时全国新冠疫情形势严峻，虽然海洋岛没事，但为防止新冠肺炎疫情传入，海上交通封闭，特殊情况要外出，必须到镇里报备，经审核同意后才可以坐船出岛。母亲的病不能等，张欢到镇政府办公室开具出岛证明。

镇政府办公室主任兼武装部长和张欢很熟，问她，女炮班缺一名成员，你想不想加入？

张欢一怔。

当时只想着给母亲治病，对这突如其来的问题，张欢一时缺少思想准备，也就没有明确答复，说回去和家人商量一下。

留有余地，是因为张欢还不太了解女炮班的情况，也怕自己到了女炮班干不好，何况自己还有餐饮生意。参加女炮班是要经常训练的，她怕做生意和训练不能兼顾。

开好了出岛证明，次日才能乘船外出。当天回家，张欢和爱人说了参加女炮班的事，征求爱人的意见。

爱人是中国电信设在海洋岛的客户经理，对女炮班的情况非常了解。他也知道张欢顾虑什么，就说，这个事情随你，你想加入就加入，我觉得这是好事。

张欢心里有数了。领母亲出岛看病回来,就申请加入女炮班。当时的想法是,进去干一段时间,看看情况再说。

二

张欢于 2020 年 6 月加入女炮班。

8 月的一天,女炮班突然接到上级命令,要去大连参加训练。

疫情期间,船只管控非常严格,女炮班接到通知时,当天已经没有了出岛的客船。镇领导帮着联系协调,让她们搭乘一条渔船先到大长山岛,再乘船去皮口。

渔船的条件非常有限,味道不好是一方面,船上也没有可坐的地方,船员就让她们到船员室。逼仄的舱室里安放两张窄小的单人床,女炮班六个人(另有一人在大连等,两人请假),挤坐在两张小床上,几乎是人摞人。

海面风大浪高,大家都晕船了,有人晕得躺下了,没有枕头,一位大姐枕着张欢的腿。

张欢也晕了,闭着眼睛,一动也不敢动,盘着的腿也不敢活动,大姐还枕着她的腿呢。空间太小,空气也不好,长时间不动,张欢感觉浑身的血液都停止了流动。双腿就那么一直盘了两个小时,等到了大长山岛下船时,腿已经麻痹了没有知觉了,几乎站不起来。

张欢是第一次和女炮班的姐妹们外出训练。一路上虽然非常辛苦，但大家互相安慰互相照应互相帮助，战胜了各种困难，张欢感受到了女炮班这个光荣集体的凝聚力和战斗力。

三

女炮班一行到了大连，在军分区"炮库"训练。

张欢什么也不会，非常着急，想笨鸟先飞，先到训练场自己练练。班长见了，就和姐妹们来到训练场，教张欢齐步走、立定、跨立等队列训练的基础动作和操炮的基本要领。8月的天气非常炎热，大家都是一身大汗。张欢觉得姐妹们为了教自己，格外付出了这么多，挺不好意思。

张欢在大家帮助和自己努力下，基本动作要领是记住了，但做起来还是有些绊绊磕磕。基础是零，能这样快地进入状态，已经很不错了。班长鼓励她，大家安慰她。

几天后到基地正式训练，训练比预想的要艰苦得多，女炮班七个人，有三人受伤，包括张欢。

训练场地是石子铺的，穿着军靴走在上面，深一脚浅一脚，脚底硌得生疼。训练时，都是跑步前进，分秒不误，而在这样的场地跑步，很有难度。

导致张欢受伤的直接原因是高射炮的伪装网。

训练时，有一个环节是用伪装网将炮隐蔽起来，训练结束后将伪装网平铺到炮的后面。"放列"时，张欢要从网上跑到炮后电站附近，那里是她的战位。因为紧张，张欢在奔跑的过程中没有注意脚下，被伪装网绊了，重心不稳，摔倒在地。地面是什么？是一片牙齿一样的石子。夏天，衣服穿得少，摔倒的瞬间膝盖被磕破，一阵钻心疼痛。

她强忍着，没有发出惊叫声。

大家赶忙过来将张欢扶起，问她受没受伤，有没有啥事？

张欢顾不得膝盖疼痛，连说没事，站直了后，甩脱大家的搀扶，跑向自己的战位，完成了训练的最后环节。

这次训练，还有两个姐妹也是因为场地不平摔倒在尖锐的石子上面，但大家都没有因为疼痛影响训练，而是继续坚守各自岗位。晚上回到住地，张欢看着自己的腿伤，不由得苦笑。

除了腿伤，身上其他部位倒是没有明显伤痕，但有各种瘀青，手指一触，就疼得倒吸一口凉气。

疼就疼吧，我不怕。张欢内心强大了。受伤，是从"民"过渡到"兵"必须经过的环节。女炮班的姐妹们，哪个没有受过伤？伤痕是荣誉的标签。

这样一想，就觉得这"伤"受得值。

张欢在女炮班的三年中，多次参与完成各种任务，有欢乐有泪水有伤痛，从不抱怨从不气馁，一切为了女炮班的荣誉和炮班精神的传承。张欢为能加入女炮班成为其中一员而骄傲和自豪。

四

2022 年夏天，央视记者采访、拍摄女炮班。

按训练要求，张欢和另一个机动炮手武彦秋站在高射炮后面的电站那儿。天气特别热，张欢跨立站好，站着站着，感觉体力不支，视力逐渐模糊，什么都看不清了。可能有点儿低血糖，再加上中暑吧，张欢感觉不好，急忙喊旁边的大姐过来。

因电站运转时声音特别大，记者正在拍摄，张欢又不能大声喊，只能压低了声音，从嗓子眼儿往外喊。

喊了两声，大姐没听见，张欢又喊另一侧的机动炮手武彦秋。

喊第二遍时，武彦秋听见了，惊愕地看向她，问她怎么了。

张欢想说："你快扶着我点儿……"

她当时想，有人扶一把，她就能支撑得住，就能站好，不影响正常拍摄。但当武彦秋问"怎么了"时，她已经两眼发黑，大脑空白，嘴唇一边动着，人就倒了下去……

后面张欢不清楚的事，就是大姐和武彦秋一起过来扶她。

朦胧中，她似乎听到有人焦急地大声喊"班长"。班长她们在前面的炮位，只有大声喊，她们才能听见。

看到电站这边出了情况，班长牟苹丽也顾不得正在拍摄，急忙奔了过来。这时候，张欢已经意识不清。姐妹们一人抬头，两人抬胳膊，两人抬腿，把张欢转移到阴凉的地方。抬她的人中，她没有反应。姐妹们大声喊着她的名字："张欢！张欢！……"

张欢逐渐恢复了意识。

好了，没事了。姐妹们放下心来。

大家帮她扇风散热，有的拿来藿香正气水，有的给她摘帽子、脱外套，有的递水喂给她喝，还往她脸上洒凉水。

张欢慢慢缓过来，感觉心跳非常快。班长问她怎么样时，张欢想到的不是自己怎么样，而是太丢脸了，怎么会晕倒？怎么别人都没有事，每次出错的都是我？

两年前在大连训练，最先摔倒的不也是我吗？

张欢心里很不得劲儿，歉疚地说："真不好意思，给炮班丢脸了……"

班长牟苹丽说，这有什么可丢脸的？只要你没事，其他的都好说，拍摄可以重来。

大家都安慰张欢，都说没事没事，身体没有大碍就好。

张欢还是觉得，是自己不争气，影响了女炮班的拍摄，非常内疚。

五

2023 年，"三八女炮班"接连荣获"全国三八红旗集体"和辽宁"时代楷模"称号。张欢两次参加辽宁广播电视台的拍摄，每次去都很激动，都感到无比地光荣。

记者采访时问张欢："你是个体户，参加训练和外出活动会耽误做生意，遇到工训矛盾，你怎么办？"

张欢毫不犹豫地回答："有训练和活动，就把店给关了。"

记者问："关一天店，损失不少，宁可关店也要训练，为了什么？"

为了什么？张欢也在问自己。

她倒也没有觉得自己有多么无私，多么伟大，就是感觉一生当中能有这么一段"当兵"的经历，挺值得。

她对记者说："挣钱固然重要，但钱啥时候都能挣。加入炮班是机遇，也是我无悔的选择。在我心里，训练比做生意更重要。"

张欢在辽宁广播电视台录制节目时留影

武彦秋

武彦秋，1997年9月出生，黑龙江省绥化市明水县人，2022年6月加入"三八女炮班"，任机动炮手。

武彦秋在训练

一

　　武彦秋老家在黑龙江省绥化市明水县永兴镇。因为有亲戚在海洋岛从事捕捞和养殖，说在这边干活比在老家种地挣钱多，所以在 2000 年武彦秋三岁时，父母就把"责任田"转租出去，从遥远的北地一路南下，来到黄海深处的海洋岛。

　　渔业产权制度改革之后，海岛上的捕捞业和养殖业全部由个体经营。来到海洋岛后，父亲在个体渔船上当渔民出海打鱼，母亲在个体养殖场从事海上作业，经常随船出海。父母都很辛苦，但收入可观，日子一天天好了起来。

　　武彦秋在老家跟爷爷奶奶一起生活，很想爸爸妈妈。海洋岛里程控电话早就普及了，但黑龙江农村有电话的人家却极少，屯子里只有一户邻居家有座机，父母偶尔会打电话到邻居家，武彦秋跟着爷爷奶奶去邻居家里接电话。听到爸爸妈妈的声音，武彦秋嘴里叫着"爸爸妈妈"，强忍着哭泣，眼泪却忍不住，流了满脸。快过年了，知道爸爸妈妈要回来了，武彦秋很期待，每天问奶奶，还有几天过年？爸爸妈妈还有几天回来？……

　　爸爸妈妈回来了，可是待不了几天，正月初三就又走了。

　　爸爸妈妈要先到明水县城，再坐大巴车到哈尔滨，再坐火车到大连，时间非常紧，所以他们早晨离家特别早，在武彦秋还没醒的时候，爸爸妈妈亲吻了她，就匆匆离开了。武彦秋醒后，找不到爸爸妈妈了，一个劲儿地哭。奶奶就领着她去买好吃的。武彦秋毕竟还小，不太懂事，给点儿吃的，也就不哭了。

武彦秋八岁时，要上学了，就来到海洋岛和父母一起住。

她在海洋岛上了小学，又上了初中。初中毕业后去大连念技校，学室内设计。技校毕业后又回到海洋岛。那时候母亲早就离开了养殖场，自己开了家"两元店"，利润微薄。母亲想从事美容行业，武彦秋就跟着母亲外出学习美容，回岛后跟母亲一起开了一家美容店。

2015 年，爷爷奶奶也来到海洋岛，和武彦秋父母一起生活。老家的地，依然出租。

二

2019 年的一天，女炮班四炮手郭娇给武彦秋打电话，问她想不想加入女炮班。

武彦秋和郭娇认识，是因为两个人的对象是同学，郭娇对武彦秋非常了解，所以炮班需要人手的时候，就想到了她。

武彦秋当时非常激动。之前也熟知"三八女炮班"，看她们穿迷彩服作战靴，雄赳赳气昂昂地走向训练场，武彦秋无比羡慕，但是从没想过自己能加入这个队伍，因为她是外地户口。外地人随时可能离开海洋岛，而炮班需要稳定的成员，所以一般不考虑外地户口的人加入。还有一个原因是，武彦秋当时经营快递业务，每天需要卸货、理货、派件，非常忙碌。快递行业不同于其他个体工商户，不能随便关门停业，只要有运输快件的船到港，就会有快件到，武彦秋必须坚守在店里。即使没有快件进岛，也会有人前来办理邮寄业务，向外发货，所以店门是不能关的。武彦秋要加入女炮班，就得将快递门店转让，她当时非常犹豫。

因为她没有当地户口，让她加入女炮班的事也就没有了后续。这件事在她心里掀起波澜。她还想继续干着快递行业，内心深处却有一丝失落和不甘。

武彦秋第一次有机会与"三八女炮班"近距离接触，却失之交臂。

2022 年，武彦秋迎来两件喜事。

第一件事：2 月份和对象领取了结婚证，成了海洋岛媳妇。

第二件事：6 月份，镇武装部宋晓宇部长给武彦秋打电话，说："现在女炮班需要人手，你想不想加入？"武彦秋又惊又喜。那时，武彦秋已经不干快递行业了，在一家个体企业工作。没有了后顾之忧，武彦秋毫不犹豫甚至是迫不及待地答应了。

穿着迷彩服，戴上迷彩帽，武彦秋精神抖擞。在兵种齐全的海洋岛，武彦秋和很多女孩一样，从小就有一个当兵的梦想，特别向往军营生活。现在终于当上了民兵，而且有幸成为全国闻名的"三八女炮班"的一员，她有了一种圆梦的感觉。

三

刚加入女炮班，就赶上中央电视台到海洋岛拍摄专题节目。武彦秋既兴奋又紧张，不知道应该怎么做。作为女炮班的新成员，年龄也最小，她不像别人那样见过很多世面，尤其没有参加过电视节目拍摄，生怕因为自己做得不好，影响女炮班的整体形象。

她刻苦努力锻炼自己，并虚心向班长和其他炮手请教，由紧张不安，到从容镇定，终于圆满完成拍摄任务。当女炮班出现在中央电视台《新闻联播》和《朝闻天下》栏目的时候，武彦秋看到了屏幕上英姿飒爽的姐妹们，也看到了充满自信的自己，心里别提有多高兴了。

在女炮班这个光荣的集体里，武彦秋感觉到了自己在快速成长。她已经与那个只知道干活挣钱的小姑娘彻底告别，眼界开阔了，奉献意识增强了，充满了家国情怀。

2023 年 3 月，"三八女炮班"被评为"全国三八红旗集体"后，又一次迎来拍摄任务。

这是武彦秋第二次参加拍摄，虽然已经拍摄过一次，有了一些经验，但还是难免紧张，生怕出现差错。她想的是，这次要拍摄得更好。在大家的共同努力下，拍摄任务圆满完成了，武彦秋对自己的表现也比较满意。

紧接着，女炮班又接到通知，要去辽宁广播电视台，拍摄录制领取"全国三八红旗集体"牌匾的场面，要求每个人作简短的自我介绍，班长和有的队员还要发言。

这次录制任务比以前几次更艰巨。为了录制出好的效果，武彦秋和姐姐们一样练"台词"，吃饭时练，睡觉前练，走到哪里都在练，还有几分钟就要上台了，她们也在练，最终出色地完成了辽宁卫视的拍摄录制任务。

回到大连，回到海洋岛，过了两天又接到去大连参加"时空对话"节目的拍摄任务。武彦秋和女炮班的姐妹们再次坐船，乘风破浪赶到大连参加拍摄。这次，摄制组还邀请了"三八女炮班"的老班长。第一任班长张淑英奶奶已经八十多岁了，但说话铿锵有力，身体特别硬朗，武彦秋感到非常欣慰。

张淑英的传奇故事，武彦秋已通过有关书籍和资料有了详细了解，从内心深处生出崇拜和敬仰之情。张淑英是女炮班前辈的前辈，有她们艰苦奋斗无私奉献打下的基础，才有了女炮班薪火相传的今天。武彦秋因能和这位老人一起拍摄而激动不已。

拍摄期间，她们要乘车在拍摄地和住处来回往返。张淑英奶奶毕竟年岁大了，武彦秋怕老人上车下车不方便，就主动搀扶，一路照顾。在她看来，这是一件微不足道的小事，但张淑英奶奶却非常感动。拍摄结束后，班长牟苹丽对武彦秋说，领导表扬你了，说你照顾老人，上下车搀着，吃饭领着，做得很好。武彦秋没有想到，这件不值一提的小事，领导也看在眼里，还表扬了她，顿时觉得很不好意思。

更让武彦秋高兴的是，"三八女炮班"被评为辽宁"时代楷模"。当她再次出现在辽宁广播电视台的舞台上时，无比激动的心情久久不能平复。

武彦秋深知，获得如此殊荣，离不开十四代女炮班每一位成员的努力，有前辈们守岛卫国的坚持，有女炮班六十余载的传承，才有了今天的殊荣。

四

武彦秋参加军事训练，不限于训练高炮，还练过便携式防空武器。当她穿着迷彩服走在海洋岛的马路上，认识她的人都会伸出大拇指，赞叹一句："太帅了！"

父母和公婆也为她自豪。

母亲经常跟亲朋好友说武彦秋训练的事，并把她训练时拍的照片给他们看。武彦秋刚加入炮班的时候，婆婆就说过，年轻就应该有事做，锻炼锻炼也是很好的。2023年3月，女炮班去沈阳参加拍摄时，已经搬到大长山岛居住的公公婆婆还给武彦秋发了红包，说为她感到高兴。

"三八女炮班"成就了武彦秋儿时的从军梦想。

她热爱这个集体，热爱女炮班的工作。

她还年轻，未来的道路还很长。

　　她对自己说，要和姐妹们一道努力拼搏，迎难而上，再创辉煌，让"三八女炮班"的旗帜在黄海前哨，高高飘扬，永远飘扬！

右为武彦秋

　　2017年夏天，老哨长们回海洋岛与女炮班多位班长合影。前排左一为陆长春、左二为李信安、左四为黄殿仁、左五为吴恩军，中间为乡武装部长王建生；后排右起依次为牟苹丽、逄晓丽、张桂荣、魏冬梅、魏淑燕、张淑萍、王海燕。

　　2023年3月在大连。前左一为第一代女炮班班长张淑英，左四为第一代女炮班炮长王淑琴女儿、第四代女炮班成员逄丽芬，左五为第一代女炮班炮手杨金荣女儿、第五代女炮班炮手魏淑娟，左二、左三分别为张家楼哨所第四任哨长李信安、第七任哨长吴恩军。

教官篇

黄殿仁

　　黄殿仁，1941年12月出生，辽宁省海城县（今辽宁省海城市）腾鳌镇人，1959年12月参军，海洋岛张家楼哨所第二任哨长，"三八女炮班"早期教官。

黄殿仁在沈阳军区开会时留影

一

处于抗日战争时期的 1937 年，黄殿仁的父亲黄金田在鞍山制铁所打工。制铁所安全生产条件很差，黄金田不小心将右手铰掉，什么补偿也没得到就被打发回家。从此，家里生活更加拮据，一家五口吃不上穿不上，母亲在月子里去砍柴，结果受风寒，得了风湿性关节炎，腿脚肿得不能下地，后来瘫在了炕上，全家生活更是举步维艰。

1948 年 2 月，黄殿仁的家乡解放了，黄殿仁一家的生活逐步好了起来。1950 年黄殿仁上学读书，小学毕业后在鞍山技工学校读中专，中专毕业后被分配到鞍山电修厂实习。1959 年 12 月，黄殿仁应征入伍，1960 年 1 月 24 日到达海洋岛，被分配在一排一班。1960 年春节后，连队出岛施工，他们一班到张家楼执勤，同时负责建立哨所。

全班共五人，班长张喜成，副班长王长贵，战士肖忠和、曾昌余和黄殿仁。哨所重武器配备有加农炮一门。

别人都有一定的兵龄，只有黄殿仁是刚参军才几个月的新兵。刚到张家楼时，人生地不熟，五个人要建哨所，还要守卫很长的海岸线，难度太大。哨所谨遵毛主席的教导，紧紧依靠群众，虚心向当地群众求教，很快熟悉了情况，工作也顺利开展起来。

黄殿仁记得，他们在漆黑的夜晚执勤时看到涨潮的海边往上涌白光，一闪一闪的，都不知道是怎么回事，感觉很诧异。后来请教当地渔民，渔民告诉他们那是磷光，并作了详细解释，他们才恍然大悟。还有一些生活方面的问题，也得到当地群众帮助，他们觉得要在张家楼扎下根，离不开群众的支持。

张家楼共有八户居民（包括川蹄沟两户），五户姓魏，一户姓张，一户姓逄，一户姓侯。哨所凡事都紧紧依靠张家楼群众，同时也帮助群众解决生产和生活困难。

黄殿仁为群众送粮食

張家楼是海洋岛东北角的偏僻小渔村，属岭后大队，远离公社所在地，群众购买生活用品需翻山越岭走五六里山路。而渔村群众大部分是妇女和年老体弱的男劳动力，青壮年男性都出海打鱼，生产队的日常劳动就由妇女和老年男劳动力承担，到圈里购物更是很难抽身。哨所建立以前，当地群众需要克服的困难非常之多。哨所建立后，生产队春种时哨所帮着种，秋收时哨所帮着收，哨所还帮助生产队积肥和往山上的农田里送粪，翻山越岭帮助群众买粮油等生活用品，给男劳动力和男孩理发等等。当地群众和哨所的感情越来越深，称哨所为"渔村第九户"，在哨所大门上方挂了牌匾（后被中国人民革命军事博物馆收藏）。

哨所主要任务是守卫海防线，如何守得住这狭长的海岸线？光靠五名战士不行，还要组织并武装当地群众，军民共同守护海岸线。因为男青壮年都出海打鱼，于是上级决定组建女炮班，由哨所负责对女炮班进行军事训练，练习操作加农炮。

刚熟悉加农炮性能的新兵黄殿仁，也成了女炮班的教官。

最初训练女炮班的是哨所班长、副班长。后来因为黄殿仁学东西快，又有中专文凭，在当时就是顶呱呱的文化人，就由他熟练掌握火炮的理论知识和操炮技术后向女炮班传授。哨所人员更换快，黄殿仁一年后当上副班长，两年后当上班长，又两年后担任哨长（正排长级），系曾昌余之后哨所第二任哨长。

黄殿仁印象特别深刻的是第一代女炮班的五位民兵。她们认识到保卫海岛就是保卫她们的幸福生活，所以训练非常积极刻苦，为不耽误训练，还把哇哇哭的小孩带到炮阵地上，建起"阵地临时托儿所"。哨所领导见了，非常感慨，有时让战士帮着看护，让女民兵们更好地训练。

　　女炮班在哨所官兵的帮助下，成长很快，每次打实弹都成绩优异。这些内容在长篇纪实文学《海岛女炮班》中有较多记述。本文重点叙述作为教官的黄殿仁，他的成长之路和他在人生不同阶段的影响力。

黄殿仁辅导孩子们学习

二

　　黄殿仁在担任张家楼哨所哨长时，哨所和女炮班就已经远近闻名了，当地群众特制的"第九户"（后来替换为"渔村第九户"）牌匾也挂到了哨所的正门上方。

　　海洋岛军民关系好，张家楼的军民关系好得尤其突出，黄殿仁自然而然地成了典型。

　　1962 年 2 月，沈阳军区首届共青团员代表会议在沈阳召开，黄殿仁作为旅大警备区的代表参加会议。会议期间的一天晚上，黄殿仁和几个战友打听到雷锋所住的房间，拜访了作为特邀代表参会的雷锋。

　　黄殿仁和雷锋一样有着苦难的童年。黄殿仁比雷锋小一岁，他多次从《前进报》等报纸上读到雷锋事迹，苦于一直没有机会见面。此次在沈阳开会，黄殿仁无论如何也要见一见雷锋。

　　雷锋非常热情地接待了黄殿仁及旅大警备区的几位代表。黄殿仁又高兴又激动，拿出日记本，请雷锋给他留言。

　　雷锋稍加思索，提笔在黄殿仁的日记本上写下一段话。

　　亲爱的黄殿仁同志：

　　　　您是优秀的共青团员，是我学习的好榜样。

　　　　为了共同完成党的事业，

　　　　我向您留几句话：

我觉得一个人活着，就应该为人类的解放事业——
共产主义，贡献自己的一切。

战友：雷锋

1962.2.23

这是伟大的共产主义战士雷锋给黄殿仁的赠言。当年8月，雷锋因公牺牲，黄殿仁闻讯，痛彻心扉。他发誓以雷锋为榜样，好好学习，努力工作，做一名像雷锋那样的共产主义战士。

1963年6月，黄殿仁因公外出，在火车上遇见老英雄郅顺义，非常激动，也请郅顺义给他留言。

郅顺义想了想，在黄殿仁的日记本上写道：

殿仁同志：

向毛主席的好战士雷锋同志学习，

向人民英雄董存瑞同志学习。

郅顺义

1963.6.3 于火车上留言

海城 3343 部队

字迹工整，格式讲究，一行一行非常清晰，丝毫未受火车震动的影响。

1964年黄殿仁到沈阳开会，营口驻军的几位代表在他的日记本上留言：

敬爱的班长：

您是我们学习的活榜样，我愿做您的学生，希望

249

班长以后多加帮助我们。向您学习，向您致敬！

此致

革命的敬礼

您的学生，营口市 3317 部队 56 分队

庞春学 韩玉臣 于泉泽 余长合 刘东明 乔安山 魏振贤

1964.3.1 于沈阳

这里有一个人们耳熟能详的名字——乔安山！

没错。1997 年拍摄的电影《离开雷锋的日子》，讲的就是乔安山的故事。

海洋岛是军事重地，也是风光无限之地，曾有很多文人墨客登临海洋岛，观看黄海日出，感受祖国海上边陲的魅力。著名作家杨朔 1965 年 10 月到海洋岛采风期间，专程到张家楼哨所看望指战员们，并在哨长黄殿仁的日记本上题字：

愿你永远像一轮红日涌出海面，向着光芒四射的未来前进。

殿仁同志留念

杨朔

1965.10.9 海洋岛张家楼

1966 年 2 月，黄殿仁到沈阳开会，听说老英雄郅顺义也到会，便在会议间隙前去拜访。距上次在火车上见面已过去近三年，老英雄深为黄殿仁的成长进步而高兴，在黄殿仁的日记本上留言：

黄殿仁同志：

　　向你学习，全心全意为人民服务的革命精神，向你学习，一心为党、一心为人民、一心为革命事业的共产主义的风客（格），让我们在不同的工作岗位上携起（手）来，更高的（地）举起毛泽东思想伟大红旗，为保卫伟大的革命事业奋勇前进！

　　最后向全连同志们问好，并祝全体同志永远向前。

郅顺义

海城县 3343 部队

1966.3.1 于沈阳

留念

在黄殿仁的日记本上，有很多名人题词，他经常拿出来看看，以鼓励和鞭策自己。

在和雷锋见面之前，黄殿仁已经是优秀的共青团员。和雷锋交谈并得到雷锋的赠言后，黄殿仁的方向和目标更加明确。身在张家楼，放眼全世界，以帮助群众为己任，黄殿仁为女炮班能打出更好的成绩而不断努力。

"三八女炮班"数次参加军民联合演习，成绩优异，并在营城子靶场举行的全军炮兵比武大会上三发全中，得到叶剑英元帅的赞誉。这些优异的成绩，都是女炮班在黄殿仁担任哨所班长、哨长期间取得的。随着女炮班知名度的提高和张家楼哨所在全国影响力的增强，黄殿仁也成了军内外的名人。

"五好战士"标兵、哨长黄殿仁和民兵们一块学习毛
主席著作。

1966 年 5 月 29 日，中国共产主义青年团海洋公社委员会聘
请黄殿仁为中国少年先锋队大队辅导员，他有更多机会向少年
儿童宣扬雷锋精神，宣传共产主义理想，让祖国的花朵健康茁
壮成长。

黄殿仁后由张家楼哨所哨长提拔为连队副指导员，后任指
导员。1976 年转业，到辽阳市公安系统工作。

三

回到地方工作后，黄殿仁仍然保持人民解放军的优良传统和作风，工作兢兢业业，不计名利得失，在不同岗位默默奉献。

20世纪八十年代，黄殿仁在武警部队工作。1985年8月19日，中国人民武装警察部队辽阳市支队《辽阳武警简报》登载一篇文章：《黄殿仁路遇群众摔伤积极救护》，全文如下（个别字难以辨认）：

7月26日下午3时半，黄殿仁同志骑自行车去徐往子看望患病的哥哥，当行至徐往子东侧立交桥下坡处时，发现一些群众围观。他立即停下自行车，赶上前去，原来是一名五十来岁的老大娘摔昏在马路牙子上，旁边还翻着一辆装着西瓜的三轮车。当时围观的群众不少，但一时没有人能拿出办法亲救护。黄殿仁同志见此情景，急忙走上前去察看。老大娘睁开眼睛说了声"我咋的了"，就又昏过去了。情况很危急，不容迟疑。黄殿仁在交通岗处招手截住了一辆县供电局的130汽车，又同在场的姓朱的小伙子将老大娘抬上车，一直送到市第二人民医院急诊室，老大娘经诊断为脑震荡，需要马上住院治疗，但当时没有钱，旁边也无亲人，怎么办？黄殿仁同志就主动筹借了一百元钱，付了押金，办了住院手续。当即与姓朱的小伙子背老大娘上楼，由于老大娘摔伤引起呕吐，吐了他俩一身，他俩也不在乎，一直将老大娘背到病房，待老大娘脱离危险才离开医院。经了解知道，摔伤的老大娘叫 XX，家住一〇三地质队，那天骑自行车到市里卖西瓜，行至徐往子桥下坡时，有一男青年骑自行车拐了她一下，躲闪不及摔倒车旁，便不省人事。在场的群众见武警战士路遇群众危险积极主动救护，都非常称赞。现在，老大娘已治愈出院，前几天她丈夫和一名亲属拎着一兜礼品到支队机关来感谢黄殿仁同志，礼品被黄殿仁同志婉言谢绝了。

黄殿仁同志，在群众遇险摔伤后，不是绕道走，而是主动上前，积极想办法救护，没车找车，没钱筹钱，使伤者得到了及时的抢救治疗。他的行动，体现了武警部队全心全意为人民服务的宗旨，表现了一个共产党员的高尚品格，发扬了人民军队为人民的本色，为武警部队的形象增添了光彩。

为表彰黄殿仁同志在见到人民群众遇到危险的时刻挺身而出，积极主动想办法救护的先进事迹，经支队党委研究决定，给予黄殿仁同志嘉奖。希望全体指战员学习黄殿仁同志热爱人民、见义勇为的品质，为武警部队形象增辉。

2001 年末，黄殿仁退休。

2017 年夏天，黄殿仁等多位老哨长重返第二故乡，在海洋岛聚会，了却了夙愿。

敖培强

敖培强，1977 年 10 月出生，四川省崇州市人，1994 年 12 月参军，第十一代"三八女炮班"第二任教官，1997 年至 1998 年承训女炮班。

敖培强在军营留影

一

敖培强年少时就有当兵的心愿，主要是受到父亲的影响。

父亲年轻时，非常渴望当兵。那个年代，农村青年参军，贫困户优先，孤儿优先。父亲当生产队长时，赶上部队招兵，就报名了，政审合格了，体检通过了，一切都十分顺利。以为理想就要实现了，父亲非常高兴。但是很快，组织就找父亲谈话，说能不能把名额让给某某，那是个孤儿，在村里无亲无故，很渴望当兵。父亲是基层干部，怎能没有这点儿觉悟？他心想，明年还有机会。但第二年的情况与上年如出一辙，父亲把当兵的名额让给了一个贫困户的孩子。就这样，父亲没能穿上自己朝思暮想的绿军装，这成了父亲一生的遗憾。

敖培强小时候多次听父亲讲过没当成兵的经历。父亲每每说起，遗憾之情溢于言表。那时候，敖培强就暗下决心，长大了一定要当兵，完成父亲的心愿。

1994 年 9 月，敖培强考上成都一所中等职业学校，但由于家里经济条件有限，未能上学。当年 12 月，在父亲的鼓励下，敖培强报名参军。临别前，父亲深情地注视着他，说了两句话："你到了部队，一定要听领导的话，当一个好兵。""我这辈子没当成兵，你当上了，我的心愿在你身上延续，你别给我丢人！"

敖培强牢牢地记住了父亲的话。带着懵懂，带着向往，带着坚定的信念，敖培强来到黄海深处的海洋岛，走进绿色军营。

二

新兵集训，承训他们这批新兵的是海洋岛驻军八五炮连。敖培强非常庆幸遇到一个好班长，四川巴中的郎贵。郎班长是1992 年的兵，比敖培强早入伍三年，军事素质相当过硬，对战士也非常体贴关爱。拿破仑说"班长是军中之父"，斯大林说"班长是军中之母"，敖培强对此深有体会。在郎班长的严苛要求和严格训练下，敖培强圆满地完成了所有科目的训练，各科成绩全部优秀，完成了由一名地方青年到合格士兵的蜕变，成了新兵中的佼佼者。

集训结束，新兵要被分配到各个连队。因为敖培强在集训期间的出色表现，新兵下连时，郎班长要留下他。敖培强也认准了郎班长，非常坚定地留在八五炮连，成为郎班长班里的一个兵。

敖培强时刻以父亲临别时对他说的话提醒自己："一定要听领导的话，当一个好兵！"

郎班长是超期服役的老兵，他看到了敖培强身上的巨大潜力，但好刀要在石上磨，好钢要在火中炼。为了重点培养敖培强，让他早日成为"好刀""好钢"，郎班长在人员安排上打破先例，直接把敖培强推上重要位置——瞄准手。

按训练大纲要求和往年惯例，瞄准手要先进行共同基础训练，基础扎实之后再进行专业训练。敖培强当新兵的第一年，因为军事斗争需要，上级要求先从专业技术训练开始，后进行共同基础训练。

训练顺序反了过来。先专业技术训练。训练什么？打炮！炮打得准才是硬道理。

要想打得准，必须瞄得准。

班长力排众议，直接将敖培强作为瞄准手培养。对于一门大炮来说，瞄准手的重要性不言而喻。敖培强没有想到班长会如此看重他。

敖培强成了全连唯一的新兵瞄准手。

敖培强有压力，更有动力。通过认真学习和努力训练，不管是瞄准手技能考核，还是炮手技能考核、炮长技能考核，敖培强都取得全优成绩，成为全能战士，当年被评为优秀士兵。

年底实弹射击时，敖培强更是一鸣惊人。

那是在八五炮阵地上对海面预设固定目标射击。敖培强开始瞄准时，首长见瞄准手是一个新兵，很疑惑，说："他能行吗？"

大炮一响，首发命中，而旁边的炮却没有命中目标。首长对敖培强另眼相看了：怎么别人都打不上，这个新兵能打上？

首长要考考敖培强，看看这个新兵究竟有多厉害。首长让现场指挥员用方向盘临时在南坨子上指了一个目标。

坨上有一棵小树。

首长说，你能不能把那棵小树打下来？

敖培强当然有把握，但凡事都可能出现意外，一旦打偏呢？敖培强既紧张，又激动。到了检验真功夫的时候了，敖培强在全班共同协助下，通过测距测算瞄准，一炮把南坨子上的那棵小树打飞。

顿时，全场掌声雷动。首长更是笑得合不拢嘴，说这个新兵太厉害了！

敖培强一"炮"而红。全团开大会时，首长专门表扬了敖培强，大家也都认识了这个武艺高强、出类拔萃的新兵。

敖培强深知，自己炮兵专业技能能够掌握得这么扎实，源于班长的举荐、帮助和连队的培养。如果不是班长力排众议让他担任瞄准手，他就不会在众多同年兵中脱颖而出，提前一年全面掌握炮兵专业知识。他没有辜负部队的培养，也没有辜负父亲的期望。父亲知道了他在部队的表现，该有多高兴！

三

敖培强于 1997 年负责第十一代"三八女炮班"的训练工作，成为女民兵们的教官。

1995 年，敖培强还是一名新兵时，第十代女炮班就在他们连队训练。八五加农炮在连队训练场上一字排开，其中有一门就是女炮班在操作。女炮班的姑娘们和战士们同场训练、比试，看谁动作更快更好，看谁实弹射击打得更准。印象中，女炮班的五位姑娘都训练有素，雷厉风行，军事技能堪比男兵。

那时候，作为新兵的敖培强根本没有想到有一天自己会成为女炮班的教官。

第十一代女炮班 1996 年 3 月在岭前村组建时，由一位班长担任教官，他承训工作做得非常好，但因工作原因不能继续担任。连队领导就带着海洋乡武装部长找到敖培强，让他承训"三八女炮班"。敖培强既感到惊喜，又感到肩上沉重的压力。他不知道自己所学的专业知识能不能把女炮班这个光荣的集体带好，心里非常忐忑。但又一想，既然组织这么信任他，和他面对面研究女炮班的训练事宜，自己有什么理由退却？组织的信任，既是鞭策，也是鼓励，更是动力。敖培强觉得给光荣传统代代相传的"三八女炮班"当教官，任务艰巨，责任重大，也很光荣。

敖培强当时是驻守盐场八五炮连的一名班长，女炮班六位成员全部来自岭前村马蹄沟屯附近，训练场地在驻守马蹄沟的海防二连训练场，那门女炮班专用的加农炮也被转移到海防二连。炮连和海防二连同属海防营，但相距很远，两者之间有距离很长的山路，山路崎岖难行，步行一次花费在路上的时间就需要近一个小时。敖培强去训练女炮班，其间要长期寄住在海防二连。

远离连队，敖培强做好了吃苦的准备。

自己吃苦，女炮班也要跟着吃苦。

敖培强了解到，女炮班的六人，有的是妯娌，有的是姑嫂，有亲戚关系在，大家相处得非常融洽。敖培强那时还不满二十岁，女炮班的这些姐姐，有的大他八九岁，有的大他十来岁，都很开朗豪爽。敖培强带领她们训练，有一种特别亲切的感觉。

刚开始训练女炮班，敖培强有些紧张和拘谨，毕竟参军后一直在清一色男子汉的军营里训练和生活，极少和女同志接触。见他这样，姐姐们反过来鼓励他，说不要紧张，你对我们就像家里人一样。姐姐们也确实做到了"像家里人一样"。训练，摸爬滚打，敖培强要反复示范，衣服很容易脏。姐姐们就把他穿脏了的衣服拿到家里洗，洗净了，晒干了，再还给他。一来二去，彼此熟悉，敖培强紧张的情绪就消失了。

四

敖培强承训女炮班期间，正值部队编制大调整，省军区既领导外长山要塞区现役部队，即敖培强所在部队，同时仍然领导全省预备役部队，包括民兵。这是重大的隶属关系转变，部队和民兵由分属两个系统变成了"一家"。对于女炮班的训练，市军分区、县武装部领导都极为重视。要通过训练，展示风采，让省军区首长看了后有非常好的印象；要让世人知道，海洋岛"三八女炮班"这面旗帜，依然高高飘扬在黄海最前哨；要通过训练女炮班取得的成果，反映长海县海洋乡民兵训练的新貌，这是领导布置给敖培强的任务。领导让他规划如何训练女炮班，如何更好地向首长和群众展示女炮班的风采。

敖培强面临着新的挑战。

经过深思熟虑，又通过与部队和地方武装部领导沟通，敖培强确定了对女炮班的训练方案：一是从实战角度出发，进行实打实的训练；二是从汇报表演的角度出发，进行展示式训练。两种训练方案同时进行。敖培强要通过女炮班的训练实景，展现海岛女民兵英姿飒爽、昂扬向上的精神风貌和训练有素、弹无虚发的真功夫。

那年8月，省军区司令员带着工作组到海洋岛视察。按惯例，各级首长到海洋岛视察，观看女炮班演练是必不可少的项目，所以女炮班必须提早做好准备。

为了全面展示女炮班的训练成绩，达到最佳的演练效果，敖培强制定了"先接收预先号令，牵引车拖炮隐蔽抢占阵地，而后摘炮、用炮、炮手就位，以枪代炮对移动靶标进行模拟实弹射击"的训练方案，受到军地领导一致认可。

以枪代炮射击，即用专门的支架将枪固定在炮管上，通过瞄准具校枪，使炮管中心点延长线在直线距离内与枪管中心点延长线重合，用枪代替炮实弹射击目标。

就按照这个流程训练。

训练中遇到的最大难题是，女炮手们如何完成从牵引车的车厢两侧"飞身下车"（简称"飞车"）的高难度动作。

火炮牵引车的车厢高度在两米六左右，从车上翻过两侧栏板飞身跳下，没有一定的胆量和身体条件，想都不要想。如果女民兵们不能完成"飞车"动作，而是在众目睽睽之下一个一个从车厢后面爬着退下来，则体现不出战斗氛围。所以炮班的六名女民兵必须完成这个动作。

女炮班不是首次训练"飞车"，朱铁玲当班长的第十代女炮班，就练过这高难度动作，姑娘们从不敢跳到勉强跳到身轻如燕飞身而下，可谓一波三折，大费周章。

第十代女炮班的演练已经谢幕，现在轮到第十一代女炮班出场了。

敢跳吗？当然不敢。

敖培强很头疼。想想自己刚开始练习"飞身下车"时，也是有些胆怯的，何况这些姐姐们？

敖培强亲自示范，讲解动作要领，一遍一遍地教，从克服女炮手的恐惧心理开始训练。

"飞身下车"，要求动作必须整齐划一，六个炮手分两拨，车厢两侧各三人，按照号令同时起飞，同时落地，动作要轻盈得像一群燕子。

为什么不能从车厢后面飞身下车？那里的栏板不是矮吗？

没错，从车厢后面"飞车"容易，但车后拖着大炮，此时大炮还没有摘钩。另外，从实战出发，"飞车"强调速度，大家同时"飞车"，车厢后面的空间也不够，没时间让六个人分成几拨跳。

"飞车"能较好体现训练成果，前提是动作规范整齐。对男兵来说，"飞车"难度要小很多，女同志"飞车"就非常困难，训练好几天，都不敢从车上往下跳，根本原因是过不去恐惧这一关。客观地说，她们身高都在一米六几，平均比男兵矮了十多厘米，达不到"飞车"的身体条件。从车上起飞时，要求整个上半身探出车厢外，一只手支撑车体，全身发力，让身体向上跃起腾空而下。身高不够，做这个动作就很难。

离首长来海洋岛视察的时间越来越近，女炮班的"飞车"动作却毫无进展。敖培强着急，绞尽脑汁想办法。他从连队调来几个训练用的炮弹箱，放到车厢里，让女炮手们站到炮弹箱上面，增加身体高度。这样，她们的上身很容易向外探出车厢栏板，手也能很容易支撑身体，做腾空的动作。

身高问题解决了，但是女炮手们站得越高，越感到恐惧，手扶车厢栏板往下望，仿佛下面是万丈深渊，没有一个敢跳的。在这种心理状态下，就算有人心一横，从车上跳了下来，只要失手就极有可能出现训练事故。这是敖培强最为担心的。

训练"卡"住了。都不敢跳，任务又必须完成，敖培强心急火燎，只好采取循序渐进的办法。他又从连队调来用苦布做成的床垫，一层不行铺两层，两层不行铺三层、四层。敖培强将垫子一层一层铺在车厢两侧，再一遍遍示范，一个个地教。

有了垫子的缓冲，女炮手们的胆子大了一些。毕竟垫子比坚硬的泥地要软和很多，即使动作不到位，摔到上面也不至于摔伤。

敖培强呕心沥血，就这样一点一点地"磨"女炮手们。从一个人到一个班，所有人都完成了飞身下车的动作。班长下令"下车"，所有人"唰"的一声，动作非常整齐，像空中舞蹈，手足同频，轻盈落地。

好！敖培强为姐姐们喝彩叫好。

垫子撤掉以后，女炮手们依然能够从容镇定地飞身而下。敖培强终于舒出一口气。

这个动作非常出彩，是整个训练的最大亮点，也将是表演时的最大亮点。

五

省军区首长观看"三八女炮班"训练的这天，是女炮手们正式"登台亮相"的时候。从接到预先号令，牵引车缓缓开进，到占领阵地，班长一声号令"下车"，六名成员从车上飞身而下，动作整齐划一，非常出彩，部队首长和地方领导看到这个场景，都非常震撼。仅仅这一个动作，就赢得满堂喝彩。

女炮手们神采飞扬，敖培强悬着的心，也放下了。

接下来是摘炮、用炮、炮手就位，完成以枪代炮实弹射击。

整个表演过程滴水不漏，一气呵成，精彩绝伦，训练场上掌声和叫好声此起彼伏，接连不断。更重要的是，女炮班的这次表演，受到省军区首长的高度赞誉。

这一刻，敖培强深深地感动了。自己承训女炮班，付出了很多，女炮班的姐姐们，在长期的艰苦训练中付出的更多。她们都是孩子妈妈，但生产、训练两不误，出色地完成各项任务，那种吃苦耐劳的精神，屹立不倒的精神，也就是代代相传的女炮班精神，深深地感染了敖培强。

随后的一段时间，辽宁省军区、沈阳军区多位首长先后来海洋岛视察，一次次观看女炮班精彩的实弹射击表演，并给予充分肯定和高度评价。

到年末了。按往年惯例，女炮班要单独组织一次对海实弹射击，就算完成当年的训练任务。这一年，因为各级首长都非常关注女炮班的成长和进步，要切实检验女炮班的训练成果，就让女炮班和战士们一起参加实弹训练演习。按照演习导演组计划安排，女炮班作为演习的独立战斗单元，和部队的若干战斗班在同一阵地上进行火炮实弹射击。女炮班首发命中，发发命中，打得非常精彩，比部队战斗班排打得还好，再次展现了女炮班过硬的军事本领，省军区领导、外长山要塞区领导都称赞有加。

　　因为有扎实的训练基础和出色的训练成果，海洋岛"三八女炮班"名气更大。1999 年年末，要塞区在獐子岛举行军事演习，特邀女炮班参加。这是第十一代女炮班组建以来首次出岛执行任务，而且是极其艰巨、极其光荣的军演任务。这个时候，敖培强已经调到守备区机关，不再承训女炮班，但还是挂念她们的训练情况，尤其是在天寒地冻、滴水成冰的季节，这些离开本土的姐姐们会不会遇到什么困难？敖培强放心不下，就给女炮班在驻地的连队打电话，找到班长迟明芬，询问了训练情况和遇到的困难，给予指导和鼓励，让她们安心训练，争取拿到好成绩。情绪正低落的女炮手们得知敖培强来了电话，都激动地"嗷"了一声，说老教官还没忘了我们！那次夜间实弹演习，女炮班是九点钟出场。在光线飘忽不定的情况下，她们排除各种干扰因素，一炮击中海面的气球，又一次大显身手。

　　敖培强承训女炮班的两年，是他人生中最难忘的时期，为他留下了一辈子抹不去的印迹。他为训练过女炮班这个光荣的集体而感到无比自豪，他也在女炮班的姐姐们身上学到很多十分宝贵的东西。他完成了组织上交给他的任务，也使自己的境界得到了提升。

六

敖培强因出色表现得到首长重视和关爱，超期服役并转为志愿兵（后称"士官"）。因为部队信息化建设需要，敖培强于 1999 年 6 月调到团机关，从事部队信息化建设工作。

从炮兵专业转到信息化建设专业，对敖培强是巨大挑战。但不管任务多艰巨，困难有多大，敖培强始终坚定一个信念，就是组织把我放在这个位置上，是对我的肯定和鞭策，所以我只能成功不能失败。

刚到机关时，敖培强从事信息化建设前期准备和具体建设工作，他在这个岗位上得到了更多锻炼。当时是全军信息化建设的起步阶段，敖培强对这方面情况了解很少，似乎一切都是未知数。要在探索的道路上先行一步，遇到的困难和挫折有多少可想而知。敖培强多方请教，查阅资料，从零基础开始，不断探索、学习，不断攻克一道道难关。

在部队转型升级、全军实行科技大练兵的初期，敖培强为部队的信息化建设和多媒体发展作出了努力和贡献。2008 年，敖培强参加沈阳军区组织的信息化建设成果汇报，在电教片评比中荣获一等奖。随后，要塞区给敖培强记了个人二等功。作为战士，获个人二等功非常不容易。

敖培强十分感谢组织的培养和厚爱。他的体会是：一步一个脚印，圆满完成了每一项任务，组织不会亏待你；没有组织的培养，没有组织提供的平台，就没有自己的今天。

敖培强也为自己的努力得到回报而欣慰。他可以自豪地告诉父亲：儿子完成了您的心愿，儿子没有给您丢人！

七

敖培强在海洋岛当了十六年兵，2010 年 12 月，由于服役期满，敖培强转业回地方。

转业当年，由于地方政府接收军队转业安置人员较多，安置压力大，敖培强服从组织安排，放弃转业安置指标，选择自谋职业。

为了更快更好地适应社会发展的需求，敖培强始终保持退伍不褪色的优良作风，顺利地在一家钢材销售企业找到一份销售工作。工作中，他处处严格要求自己，以身作责，以理服人，以情育人，销售业绩稳步提升，很快从一名普通职员成长为一名优秀的管理人员，在同行业中赢得很多赞誉。

2023 年 6 月回第二故乡与友人合影，右为敖培强

孙苏明

孙苏明，1979年8月出生，吉林省敦化人。1999年参军，2003年入党，历任战士、学员、排长、副连长、连长、参谋、副营长、科长等职，第十二代、十三代、十四代"三八女炮班"训练教官。现服役于大连军分区。

孙苏明在训练场上

一

　　孙苏明出生在农村，小时候就特别向往军营，妈妈那时还特意给他买了一身"军装"。他平时舍不得穿，锁在箱子里，只有在过年的时候才会拿出来穿几天。穿着"军装"走在大街上，邻居的小伙伴们都向他投来羡慕的眼光。孙苏明一身帅气的"军装"，腰里别着一把玩具小手枪，甭提有多威风多神气了。

　　孙苏明小时候经常唱一首儿歌："大雨哗哗下，北京来电话，让我去当兵，我还没长大……"邻居们见此情景，就对孙苏明的父母说："你儿子将来长大当兵一定有出息。"父母听了非常高兴。孙苏明更是在心里悄悄埋下了长大后参军报国的种子，就等着雨露滋润生根发芽出土呢。

　　少年的时光在波澜不惊中度过，却又充满快乐的回忆。虽然那个时候物质很贫乏，但是精神却很富有。

　　转眼间初中毕业，因为附近村子没有高中，孙苏明便到镇里求学。学校离家三十多里路，通勤不方便，孙苏明就开始了住宿生活。第一次远离父母来到陌生的环境，他内心有些许的不安，但是不安很快被紧张的学习生活代替。1999 年 7 月孙苏明参加高考，由于发挥失常，成绩很不理想，导致录取的学校并不是自己中意的大学。为了排解心中的郁闷，孙苏明高中毕业就外出打工。在建筑工地搬砖推车，到屠宰场帮忙杀鸡，脏活累活他都干过。在外打工两个多月，就到了秋季，孙苏明回到家里帮助父母忙秋收。

为了孙苏明的出路，父母也是操碎了心，并给他指了三条出路：在家务农，外出务工，去当兵。当时正赶上1999年国庆大阅兵，小时候的参军梦想再次萌发，孙苏明毅然决然地选择了当兵。

1999年12月，孙苏明成了一名光荣的解放军战士，经过三个月的新兵连锻炼，因为军政素质突出，新兵下连时被选调去坦克一连。

2000年，孙苏明被连队推荐到沈阳军区坦克乘员训练基地一大队学习坦克驾驶专业。因为当年毕业考核成绩突出，他被大队留任助教班长。2001年3月，孙苏明担任坦克基地一大队二中队三班长。2001年7月，他参加全军统考，考入郑州防空兵指挥学院。2004年7月毕业，分配至外长山要塞区海洋海防团任排长。

二

2005年8月的一天，孙苏明正带领连队战士进行高炮训练，连长突然把他叫到训练场外，很郑重地交给他一项任务。连长说："孙排长，经连党支部研究，并报请守备团党委批准，决定由你担任第十二代'三八女炮班'的训练教官！"

孙苏明一愣，他知道"三八女炮班"很出名，可以说是名扬全国，成立四十多年来获得过很多荣誉，也受到过很多党政军领导的接见，可是女炮班成员一代一代地更换，现在是什么状况，孙苏明并不清楚。训练女炮班，哪有训练连队的战士们有成就感？孙苏明带领生龙活虎的战士们在训练场上操作高炮，那种气势令人热血沸腾。训练女民兵会是什么情景？孙苏明并不看好这项任务，因此对连队的命令多少有些抵触情绪。但是军人以服从命令为天职，尽管不情愿，孙苏明还是接受了这个任务。

在这之前，"三八女炮班"训练打靶用的都是老式八五加农炮，现在部队装备更新，一切都要从零开始。为了让女炮班的训练赶上连队的训练进度，同时不耽误她们各自的本职工作，孙苏明精心制订了训练计划，规定女炮班每天上午训练，下午回单位工作。

第一天训练，孙苏明就给女炮班来了个"下马威"。连队的训练场设在一个山坳里，周围都是松林，密不透风。加上8月的海岛骄阳似火，训练场简直像蒸笼一般，站在那里一动不动，汗水都哗哗往下淌，更何况高强度的训练。孙苏明原先以为，这些女民兵们不是正式军人，在这样炎热的环境下训练新科目，恐怕会吃不消。然而，让孙苏明吃惊和佩服的是，尽管天气炎热、训练条件艰苦，女炮班的每一个人却都和连队战士一样，一丝不苟地刻苦训练，没有一丁点儿打退堂鼓的意思。由于长时间的高强度训练，她们身上的作训服就像从水里捞出来似的，每个人的炮位脚下都是一滩汗水，一片湿地。作训服上的汗水被火辣辣的太阳烤干了之后，也都泛起了一圈一圈的白渍。看到女炮班这么刻苦地训练，在同一训练场训练的连队战士们深受鼓舞，一场训练竞赛也在不知不觉中开始了，双方心里都暗暗较着劲儿。为了活跃训练气氛，训练间隙时，孙苏明就组织女民兵和战士们搞一些小比武小练兵，带有交流和切磋的意思，以期共同提高。

训练场上空前地热闹起来。

高炮战术训练有一个科目叫放列撤去，就是把高炮由行军状态转换为战斗状态。一门高炮全重二点五五吨，需要炮班协同利用牵引杆和高炮身管支架，将高炮抬起来然后平稳地放下去。这个科目考验炮班的密切配合情况，也需要炮班成员具有强健的体魄。由于这个科目具有极大的危险性，如果操作不当，可能导致人员伤、残，甚至有生命危险。为了公平起见，孙苏明在全连抽选了七名新兵与女炮班民兵进行竞赛。随着指挥员的口令，两个炮班有条不紊快速操作着高炮，打开关、降起落架、连接牵引杆、固定方向机，最后女炮班以三秒的优势战胜了男兵炮班，整个训练场响起了热烈的掌声。

从这时开始，第十二代女炮班成了连队高炮"第七班"，孙苏明也从心里认可了她们。

三

2009 年，"三八女炮班"转隶至高炮二连，同年 6 月孙苏明任高炮二连连长。9 月，团里在连队训练场举行"三八女炮班"授旗仪式，孙苏明从团长手里接过红旗交到第十三代女炮班班长逄晓丽手里。第十三代女炮班也正式成为高炮二连的一个炮班。

2010 年 9 月，上级命令孙苏明的高炮二连负责全师高炮分队应急快反任务，在突发情况下快速占领阵地，完成射击前准备工作。连队营房处于半山腰，阵地位于山顶。从连队营房到阵地，有一条水泥战备公路，还有一条数代官兵踩出来的上山小路，山上山下落差达一百五十米，平均坡度在四十五度以上，有的地方甚至达到六十度。应急快反重在"快"，为了简化程序、提高效率，女炮班和全连官兵一遍又一遍地演练。

紧急出动的时候每个炮班不仅要全副武装，还要携带高炮弹药两箱，每箱重量达三十公斤，加上个人装具，最多负重达三十五公斤。这些困难，对于一名训练有素的男兵来说，不算什么；但是对于女炮班的民兵们来说，背负这么重的东西，爬陡坡、钻坑道、越壕沟，还要随时处置复杂训练科目，有多难可想而知。

训练持续了两个多月。其间很多女炮班成员膝盖碰伤、后背磨坏，但是没有一个人叫苦叫累。要塞区司令员来连队检查指导工作，看到女炮班的民兵能够和男兵一样执行如此高强度训练任务，给予八个字评价：训练有素，精神可嘉。司令员视察阵地来到女炮班炮位的时候，首长看到两名炮手作战靴都已经开胶了，略带严肃地对孙苏明说："孙苏明，女炮班训练抓得很好，但是我们也要做好保障工作，你看女炮班的作战靴都坏了，这怎么行？这一点我要对你提出批评。"

孙苏明的脸当即红了。自己重视了训练，却忽视了保障，还是首长想得周到。

司令员随即命令师部军需科，紧急抽调八双崭新适脚的作战靴送到连队。这可是司令员亲自安排的，可见首长对女炮班是何等看重。当八双新作战靴发到女炮班成员手里的时候，大家激动的心情无以言表。此时此刻，孙苏明对女炮班的民兵们更是由衷地敬佩和欣赏。

四

2016 年，孙苏明任大连市中山区武装部军事科参谋。同年10 月，孙苏明带队中山区民兵高炮连和海洋岛第十四代"三八女炮班"进驻高炮训练基地，参加全省防空分队实弹射击考核。10 月的营城子海边，白天骄阳似火，最高气温达三十多摄氏度，傍晚气温骤降，夜间巡逻需要穿棉衣。进入预设阵地以后，女炮班从搭设帐篷、夜间站岗执勤、构筑高炮阵地、作射击前准备，都和男民兵一样，不搞区别对待。构筑高炮阵地后，有一项内容是砸驻锄板，男民兵们抡起十几斤重的大锤，喊着号子反复敲打。女炮班的民兵们毫不示弱，大锤抡得有模有样，锤头在空中不断画出弧线，速度不亚于男民兵。旁边的男民兵都惊讶不已。每当女炮手抡大锤的时候，旁边就会响起男民兵模仿小品《装修》里的喊声："八十！八十！……"虽然训练很苦很累，但是大家在苦累中收获了友谊和快乐。

由于是海边驻训，条件非常艰苦，缺水、缺电、住宿条件简陋，加上每天高强度训练，每个人都异常疲惫。高炮实弹射击要想取得好成绩，重在把握准开火时机和弹道相对集中。因为女炮班之前合练较少，在前几天实弹射击中，成绩并不理想，经常出现弹道偏离航路、开火时机滞后现象。每次实弹射击后，女炮班成员的情绪都很低落。有一天晚上例行训练总结会结束后，女炮班班长牟苹丽找到孙苏明，非常诚恳地说："孙教官，炮班现在压力很大，这几次实弹射击成绩都不理想，你帮我们想想办法吧。"

孙苏明知道女炮班问题的症结所在。由于女炮班人员更换频繁，新人较多，这几年又很少参加实弹射击，加上个人心理素质差异，出现这样的问题很正常。但是女炮班的底子还在，有几个人是从第十三代女炮班过渡过来的。而第十三代女炮班，是经过孙苏明训练的，孙苏明对她们充满信心。当下的关键是要很好地磨合。

孙苏明坦诚地说出自己的看法。

随后的几天，女炮班不断和中山区民兵高炮连进行磨合，渐入佳境。考核那天，辽宁省军区司令员亲自到炮阵地观看女炮班实弹射击。女炮班操炮动作干净利落，炮班成员之间密切协同，给首长留下了深刻印象。首长还在阵地上接见了女炮班成员，鼓励她们再接再厉，更上一层楼。作为女炮班曾经的教官，孙苏明也倍感自豪和光荣。

五

在"三八女炮班"数不清的教官中，孙苏明任教官时间最长，和女炮班的缘分也最深。

时光荏苒，岁月变迁。近年来虽然孙苏明的工作岗位不断调整，但是因为负责训练和装备保障工作，他始终和"三八女炮班"联系在一起。2018年至2019年，保障"三八女炮班"完成双三五高炮训练和射击任务；2021年，为保障"三八女炮班"海岛训练，向海洋岛镇调运双三五高炮和电站各一部；2022年保障"三八女炮班"完成中央电视台采访摄录装备保障任务，并担任军事顾问。女炮班民兵们的每一次付出、流出的每一滴汗水，孙苏明都看在眼里、铭记在心上。每当女炮班取得成绩的时候，她们也会第一时间告诉孙苏明。孙苏明为她们感到欣慰，感到骄傲！

孙苏明在海边留影

2023 年 9 月 26 日，长海县举办"三八女炮班"先进事迹报告会，孙苏明在报告会上作了《一个教官眼中的"三八女炮班"》的报告。在报告的结尾，孙苏明说："作为一名老兵，一名曾经的教官，我祝愿'三八女炮班'秉承着'爱岛尚武，卫国奉献'的初心使命，肩负着巾帼英雄的光荣与梦想，忠诚于党，衷心爱国，卫岛戍边，同守共建，永远活跃在训练备战、守卫海疆的一线！"

附：

"三八女炮班" 历代成员名单

第一代（1960.6—1967）

班长兼瞄准手：张淑英

炮长：王淑琴

成员：杨金荣、魏传琴、徐福英

第二代（1967—1971.3）

班长：魏传英

成员：张淑英、徐福英、魏传琴、牟福玲

第三代（1971.3—1974.4）

班长：魏建敏

成员：魏传清、魏传香、杨玉清、魏传珍

第四代（1974.4—1977.12）

班长：魏淑燕

成员：魏传兰、逄丽芬、魏传娥、杨玉英

第五代（1978.1—1981.3）

班长：魏传娥

成员：魏淑娟、魏淑珍、魏传枝、魏传琴、朱金红

第六代（1981.4—1985.12）

班长：魏冬梅

成员：魏传枝、赵林华、张淑萍、杨海凤、刘建华、
　　　逄美兰、张学芬、张淑梅、魏淑琴、张淑伟、
　　　赵希香

第七代（1986.1—1991.6）

班长：张淑萍

成员：张学芬、逄玉洁、王芳、田艳芬、郭玉波、杨海凤、
　　　刘建华、朱金红、逄美荣、罗翠莲、朱爱民、张淑英、
　　　臧红艳、李海艳

第八代（1991.6—1993.3）

班长：朱爱民

成员：林福娟、朱金云、郭兴芳、张淑英、王丽（莉）、
　　　徐建波、朱爱霞

第九代（1993.3—1994.12）

班长：王海燕

成员：张淑丽、张海燕、甄玉梅、杨海琴

第十代（1995.1—1996.2）

班长：朱铁玲

成员：张建丽、李霞、刘海芳、张军华

第十一代（1996.3—2003.3）

班长：迟明芬

成员：王淑霞、张秀丽、何英梅、宋晓华、张秀红、曲艳

第十二代（2003.3—2008.4）

班长：张桂荣

成员：杨海琴、逄晓丽、朱璇、郭霞、张晶、徐海凤、
　　　林静、徐宁、孙建红、孟芳、宋爱民

第十三代（2008.4—2015.7）

班长：逄晓丽

成员：孙建红、孟芳、徐宁、林静、宋爱民、牟苹丽、
　　　王晓凤

第十四代（2015.7—）

班长：牟苹丽

成员：徐瑞芳、张晶、朱艳丽、王雪（大）、王雪（小）、
　　　王晓凤、林慧、郭娇、鞠秀娥、张欢、武彦秋

第十三代女炮班在训练

"三八女炮班"班歌

作词：桑文武
作曲：于 海

1=♭E 4/4

念白：姐妹们，上炮场！一、二、三、四！"三八女炮班"到齐！

(111 51 333 13 | 555 555 0) ‖: 1 5 1 3 | 2·1 6 5 - |
　　　　　　　　　　　　　海岛上生，浪涛里长，

6 6 1 2 2 2 1 1 | 2 2 3 5 3 - | 2 2 2 1 2 - | 2 3 2 1 6 - |
我们是飒爽英姿的 渔家姑 娘。 一手织 网， 一手拿 枪，

2 2 2 3 2 6 | 1 - - 0 | 6 6 6 5 6 6 7 | 1 1 7 1 6 - |
不爱红装爱武 装。　　　　领海领空演绎着 立体的交响，
　　　　　　　　　　　　　绿色战炮承载着 尚武的梦想，

2 2 2 6 2 2 3 | 4 4 3 4 2 · 5 | 5 3 · 6 5 - | 3 · 2 1 2 6 - |
精准实弹刷新着 守卫的篇章。钢 盔闪闪亮， 炮口高高昂，
蓝色国门激荡着 时代的荣光。初 心不能忘， 炮班代代强，

5 5 6 1 3 2 2 2 1 | 2 3 1 - | 2/4 1 0 | 4/4 5·5 5 5 - | 6·6 6 5 - |
我们把青春交给美丽 的海疆。　　　信念扬帆， 意志助桨，
我们将使命化作坚固 的海防。

6 6 5 3 3 3 1 1 | 2 2 2 3 2 - | 5·5 5 5 - | 6·6 6 5 - |
我们是忠诚勇敢的 钢铁姑 娘。 驾风驭浪， 劳武兼长，

[1.]
6·6 6 5 3 2 | 1 - - 0 | (111 51 333 13 | 555 555 0) :‖
卫国戍边慨而 慷。

[2.]
1 - - 0
慷。　　　D.S.

[3.]
1 - - 0 | 6·6 6 5 3 - | 2 - - - | 1 - - - | 1 0 0 0 ‖
慷。　　卫国戍边慨 而 慷。

后　记

　　女炮班故事，是全体炮班人故事的集合，是女炮班所有成员精神的指向和意志的聚焦，包括女炮班历任教官，都是故事舞台的主角。他们和女炮班的关系已植入血脉，永远不能割离。

　　在"三八女炮班"六十多年的传承道路上，站立着九十多位炮班人和数十位教官。女炮班将忠诚于党、不负使命、守岛爱岛、献身国防的伟大精神一代一代传递，在黄海前哨树起一面永不褪色的国防后备军的旗帜。她们在女炮班舞台的聚光灯下，以祖国海疆边陲为背景，在隆隆炮声中上演一幕幕迎难而上、不让须眉、为国奉献、不断绽放人生精彩的辉煌大戏，引来八方喝彩与欢呼。她们英姿飒爽，威武雄壮，一次次挑战极限、超越自我，用汗水，用心血，用满身的伤痛，用顽强的意志，用屹立不倒的精神，簇拥着女炮班这个从旧时光走来的光荣集体冲向新时代的前沿，成为人们学习的榜样和做人做事的标杆。2023年，"三八女炮班"获得"全国三八红旗集体"和辽宁"时代楷模"光荣称号，在前行的道路上又迈进了一大步。

辽宁人民出版社 2022 年 3 月出版的长篇纪实文学《海岛女炮班》，总体记述了女炮班六十多年的发展历程。因写作时间仓促，采访不够细致，女炮班的很多人物、很多故事没能纳入。这部《女炮班和我》，以人立目，是从另一个角度对《海岛女炮班》一书的补充。本书设"班长篇""炮手篇""教官篇"，以散点式结构、每个人内容独立成篇又互相关照的方式，从更多角度反映女炮班整体阵容的威武雄壮和若干局部的绚丽多彩。

九十多名成员，出场顺序不同。她们隔着岁月遥相呼应彼此映衬，共同的理想、信念、初心、使命和靓丽的青春倩影永远定格在硝烟弥漫、杀声震天的练兵场上。如果把女炮班比喻为昼夜不停隆隆行进的高速列车，那么每个炮班人就是肩负重要使命的乘客。她们在不同站点上车，完成自身使命之后在某站下车，新的乘客接替了她们并接过属于自己的使命，列车继续轰隆前行，向着光辉灿烂的目标风雨兼程。

一代人有一代人的使命，而每一代女炮班的使命都高度重合。还以高速列车比喻：她们在上车之前是普通百姓，下车之后回归芸芸众生，淹没在茫茫人海，却从未放弃对崇高使命的珍藏和被需要时的充分展示。女炮班的光环从精神层面照耀着她们，即使退出，她们也带着女炮班的荣誉，时刻关注女炮班，维护女炮班的形象和声望，传播女炮班精神，以女炮班标准要

后　记

求自己，在不同岗位建功立业，续写人生华美的篇章。

女炮班群星闪耀，光辉璀璨，每一个"我"都值得大书特书。但无论是《海岛女炮班》，还是《女炮班和我》，都只能描绘出女炮班的大致轮廓，记述部分成员人生当中的部分段落。因为退役之后，女炮班成员和教官分布在天南地北，很多人联系不上，能联系上的也大多记忆模糊，采访经常"卡壳"。年代久远了，记忆的底片就有了划痕，就不那么清晰，甚至影像重叠挤压，很难理出头绪。这一点，我很能理解，采访也因此不够顺利。

张家楼哨所从成立到撤销，长达二十余年，先后有十几位哨长，他们都是女炮班的教官。女炮班搬离岭后村，在圈内或马蹄沟组建并由不同连队承训，又有很多教官为女炮班的成长付出心血。他们是不容忽略的幕后英雄。本书特设"教官篇"，但联系到几位教官前辈后，多次恳请都被委婉拒绝。他们几乎是异口同声，确实想不起来了，又非常谦虚地说，只是做了该做的事，还是多宣传宣传别人。年轻教官也大都退役，工作生活繁忙劳碌。

女炮班已传承至第十四代，本书设"班长篇"。本打算多讲述班长们的故事，但能联系上的，也多如教官们般谦虚，"想不起来"也是重要原因。

至于炮手，虽然人数众多，能联系上的却不多。她们总体上能够积极配合，认识到提供资料，讲述故事，是为宣传女炮班而不只是宣传个人。她们在大好的青春年华为国防事业作出了贡献，牺牲了自我。仅此一点就足以令人肃然起敬。

磕磕绊绊，几个月过去了，本书才见到头绪。需要说明的是，凡《海岛女炮班》中写过的内容，本书尽量避开，但交叉或少量重复又在所难免。基于这样的考虑，在"班长篇"中，女炮班第一代班长张淑英、第四代班长魏淑燕、第六代班长魏冬梅、第七代班长张淑萍等不再专门记述，本书只讲述了第十代女炮班及以后五代班长的故事。

"炮手篇"和"教官篇"也是如此，女炮班第八代成员王丽（莉）、张家楼哨所第七任哨长吴恩军的故事因在《海岛女炮班》中详记过，本书不再重复。

本书所记人物，带有某种随机性，并非刻意选择。可以说，女炮班的每一个"我"都非常优秀，自成风景。随便点开一个，就像翻开一本大书或打开一轴画卷，她们不平凡的人生履历和不为人知的高光时刻在书页上和画卷里尽情绽放，光彩夺目，熠熠生辉。虽然本书没能记述所有的女炮班人，但她们的名字依然镌刻在女炮班的史册上，她们耀眼的光芒永远在时间的长河里闪烁。

由于每个人的投视角度和记忆通道限制，对多人同时参与的某个事件的细节回忆，会有合理的"误差"。角度不同，所见不同，就像看同一朵花，有人看到的是花瓣，有人看到的是花蕊，有人看到的是花柄，有人看到的是花萼……不管看到的是花的哪一部分，都不影响鲜花整体的美丽及其所散发出来的芳香和对环境的映衬。故事优良的实质和准确的基本事实，是笔者的追求。

从县委宣传部分管日常工作的副部长于娟交给我这项任务，到基本完成初稿，过去了三四个月。采访困难是一方面，本人水平和能力有限，也是未能将书稿质量提升到一定高度的重要原因。尽管非常尽力，也难免有错讹和遗漏。敬请批评指正。

"风雨彩虹，铿锵玫瑰"，这是巾帼精英群像的真实写照，用来比喻"三八女炮班"也非常贴切。

在此，送上崇高的敬意和由衷的祝福，愿"三八女炮班"在新的征途上一路高歌，勇往直前，再创辉煌！

作 者

2023 年 10 月